U0146349

涵芬书坊

[爱尔兰] 乔治·摩尔 著

孙宜学 译

一个青年的自白

Confessions of a Young Man

商务印书馆
创于1897 The Commercial Press

G. E. Moore

CONFESSIONS OF A YOUNG MAN

Rinsen Book CO., Kyoto, 1983

根据日本临川书店1983年版译出

涵芬楼文化出品

译　　序

乔治·摩尔（George Moore，1852—1933）是一个长期被世界忽视的文学天才。他生于爱尔兰，早期接受的是天主教教育，但他在学校读书时并没有按照老师和家长的期望成为一个好学生，而总是被老师分在最差的班级，又总是班里最差的一个，颇感无奈的校长不止一次给摩尔的父亲写信说："乔治的情形确实很糟糕。"但他同时也想让摩尔的父亲帮他弄清楚一个困惑：摩尔是学不会，还是不愿学，因为只要是与书本无关的事，摩尔都表现出很高的天分。实际情况确实如此。摩尔能够学好任何一种他想学的东西，但任何一种别人给他选择好的东西他都学不好。他对知识的渴求来得快去得也快，像田野里倏忽而逝的风。这是一种谁也不能理解的性格。他父亲常常把他关在卧室里让他专心学习拼写，但这一切努力最终都证明无济于事。他父亲最终放弃了对他的努力，并对妻子说："乔治只是个蝶蛹，我们不知道他能不能变成一只飞蛾或蝴蝶。"但令他震惊的是，他的儿子虽然不会拼写，却对"平庸的诗"很感兴趣，如雪莱的诗。他天生不会按照别人给他安排好的道路循规蹈矩地走下去，而是不受任何成规的羁束，按照自己的意愿自由发展自己的天才，从这一点说，他显然和王尔德一样，是天生和整个时代不合拍的人物。

摩尔人生观、艺术观的形成，得益于他的巴黎十年（1872—1882），这十年间，恰是法国唯美颓废主义艺术思潮荡漾恣肆之时，这股唯美之风后经佩特传入英国后得以发扬光大。佩特宣扬美有无上价值，要“为艺术而爱艺术”，一批英国维多利亚后期的作家、艺术家群起呼应，先有1848年成立的英国拉斐尔前派，至19世纪90年代形成高潮，其中代表是王尔德为首的一批作家、画家，如斯温伯恩、西蒙斯、道生、乔治·摩尔和约翰逊的文学作品与比亚兹莱的绘画，他们以《黄面志》和《萨伏依》两种杂志为中心，招摇过市、特立独行、呼朋引伴、此唱彼和，把世纪末的欧洲文坛搅闹得有声有色、色彩纷呈，形成了19世纪90年代英国文坛的一大景观，人称“紫红色十年”（Mauve Decade）。就是在这样的文学背景下，摩尔形成了以唯美主义为主、兼顾其他艺术风格的艺术特点。在这十年间，他还广泛结交巴黎文人名士，包括爱德华·马奈、克劳德·莫奈、埃德加·德加、卡米尔·毕沙罗、奥古斯特·雷诺阿、埃米尔·左拉，其中尤与马拉美最为相知。他称马拉美为文坛圣人，说他一生中从未嫉妒过一个人，没有说过一个人的坏话，从没有愤恨和不满；他在巴黎的艺术圈子里，地位就像耶稣死后的彼得和约翰一样。马拉美在当时已是声名鹊起的象征派诗人，摩尔与他志趣相投，从中不难看出他的艺术旨趣。

巴黎十年也让摩尔意识到，自己虽然喜欢绘画，但无法凭绘画立身，于是开始转向文学创作，并很快在文学上初露锋芒，如鱼得水，发表了一系列的诗、剧、小说、评论、自传等，使他可以毫无愧色地立于英国最伟大的作家行列，在20世纪20年代，一些批评家甚至视其为“在世的英国散文作家中的大师之一”。不但他自己所属的文学小团体持此观点，一些著名的批评家也不加掩饰对摩尔的赞美，遗憾的是摩尔去世之后，这样的赞美就逐渐减少了，关于谢立丹、盖斯凯尔夫人、王尔德的传记在英国一出再出，甚至一些法国作家和德国作家的传记也都如雨后春笋，而对摩尔，英国的批评家似乎慢慢淡忘了他，更不用说肯定他的文学价值了。

当然，摩尔为人遗忘与他一生结怨太多也有直接关系。叶芝、哈代、亨利·詹姆斯、康拉德、惠斯勒这些名人都先后成为他的“文敌”。叶芝视之为“空心萝卜”，叶芝的父亲称之为“老恶棍”，惠斯勒有一次甚至把摩尔从自己家里赶出去。摩尔为人诟病与他被视为“冷血动物”有关。他行事待人比较冷漠，这自然也被看作是没有人性、可恶。一个匿名者在卡拉湖中的小岛岩石上为摩尔刻下这样的墓志铭，以提醒往来的游客：摩尔为艺术“抛弃了家庭和朋友”。

的确，摩尔性情多变，对友谊和亲情忽热忽冷。他可以完全无视昨天的承诺，也可以毫不留情地抛弃自己的观点和感情，更不用说朋友了。他是典型的“过河拆桥”者，对朋友也是只取己需，实利为先。这种性情用于文学尝试，促使他进行了各种各样的文学探索，几乎在维多利亚时代晚期和爱德华时代的每一个主要的文学和艺术团体里，都能看到摩尔在进进出出，但都不长久；而用这种方式对待朋友和他人，就自然失之偏颇，导致文敌环伺了。

实际上，有时连他自己都“不认识自己了”。他有时把自己看成一个拉斐尔前派成员，有时是颓废主义者，有时是象征主义者，有时是自然主义者，有时是易卜生的信徒，有时是意象主义者，有时又是印象主义者。他一生的创作表现出了至少七种明显的文学风格，虽然他晚年最终形成了自己独特的文学风格。摩尔的这种易变性使王尔德很是鄙视，这个格言大家送给摩尔这样一句嘲弄性的格言：“摩尔在公众中接受教育”。摩尔的这种机会主义与世俗也使其他一些人大为光火，甚至讽刺他“什么也不是”，说这话的就是他的哥哥莫里斯。当然，仁者见仁，智者见智，也有人认为摩尔的这种性情恰恰说明他有一种“自新的激情”，称他为那个时代的重要艺术家和作家中一个最富有冒险精神的人。他的一生，就是无与伦比的探索美的旅程，比萧伯纳、威尔斯，甚至乔伊斯和叶芝的探索都还宽广，虽然就某一种探索来说，他都比不上他们的丰富。

实际上，摩尔的确是一个坚定而务实的探索者，只不过他性格中彼此冲突的各种冲动让他有时言行失常；他是一个把探索看得比实践本身更重要的艺术家，因此有人抱怨他滥用了自己的天才。他也是一个承上启下的过渡人物，既承继了维多利亚时代痛苦的死亡，也承载了新时代痛苦的诞生。他的一生，概括了整个过渡时代的主要欢乐与痛苦，他比王尔德和比亚兹莱更能代表那个时代。这是他的幸运，也是他的不幸。

与他的小说戏剧等相比，摩尔自传式的作品或许更为人所知。他发现自己具有让别人难以忍受的性格后曾试图控制这种性格，但发现无能为力，于是他就想弄清楚自己为什么总刺痛别人，结果却发现自己可以心平气和地研究自己的性格，并且意识到把自己的性格写出来实际上就是一种文学主题。于是，他把注意力转向了自身，孜孜不倦地探究自己人性的善与恶。但读完他的这些自传性作品的读者不难发现，他实际上算不上大恶者，充其量只是一个有轻微的“作恶”欲念并尝试了一些无关痛痒的“恶行”的人，与纪德和王尔德这样的人根本不能相提并论。

《一个青年的自白》就是这样的一部自传，堪称摩尔艺术趣味的宣言书，表明了他对同时代的最优秀的文学和艺术作品的态度，是他逼视内心和社会的自传性作品，是他从对艺术懵懵懂懂的向往到形成自己独特艺术个性的生活经历的记录，主要回忆了他在巴黎和爱尔兰度过的艺术人生。他以自己的眼睛观察巴黎艺术界的风风雨雨、逸事典故、文学艺术流派，忠实地记录了他与当时著名作家、艺术家的交往及对他们作品的评价，不同艺术风格之间的冲突，其中涉及的文学、艺术流派有唯美主义、自然主义、象征主义、印象主义、意识流、现实主义等；与此同时，他还回忆了自己年轻时代所经历的感情和人生观的动荡。通过这部作品，读者不但能了解到乔治·摩尔的思想成长历史，而且还可以了解整整30年的欧洲文学艺术的发展历史。

摩尔将自己的“忏悔”与卢梭的忏悔相比，这当然是自夸，但不容否认的是，从他的这部回忆录中，另外还有《致敬和告别》《我的死了的生活的回忆》等，人们都能够找到他那个时代很多文人、艺术家的人生肖像，而这对文学史的价值则是不可估量的。虽然英国读者可能会觉得难以接受他对英国文学的近乎武断的评价，如“英国小说时而轻浮时而浅陋，时而感伤时而博学时而华丽，但从来都不严肃”“英国小说陈腐不堪，法国和俄国小说则表现出更高的教养”。殊不知有多少英国读者就是通过他的这些作品对简·奥斯汀、勃朗特姐妹、狄更斯、笛福、斯蒂文森等耳熟能详的作家多了一层贴心的领悟，并在英国文学之外发现了巴尔扎克、福楼拜、左拉、屠格涅夫、塞万提斯、托尔斯泰、于斯曼、魏尔伦；而他对马奈、德加、惠斯勒、莫奈、毕沙罗等人的赞美，与这些艺术家日后所获得的赞美相比虽显单薄，但其敏锐与前瞻毋庸置疑。

从摩尔的作品里，我们不难听到他发自内心的对美好人性的呼唤，对自然美的向往，这是一个被忽视了的天才的真正的心声，对这样一个把一生都贡献给写作，并且感性和感情都很浓郁的作家，我们似乎没有理由不读他。

孙宜学

2023年3月，同济大学

目　录

一个青年的自白

前　言

如果我说19世纪末的书中没有一部比《一个青年的自白》更有独到见解，我会被认为是自吹自擂、傲慢自大，但是如果读者不把书放在一边，他将很可能发现我是一个在任何场合都说真话的人，甚至关于自己的作品，而在这个问题上很容易产生大量的虚伪和不真诚，这是我特别厌恶的罪恶，我在前言和书中都会避免这种罪恶。因此，我要说的是，翻看这些自白，涌到我脑子里的形容词就是“有独到见解”和“不完整”。没人反对我用“不完整”这个词来评价我自己的书，但怎么能用“有独到见解”这个词呢？这很简单，因为这本书的独创性要归因于诞生它的环境，而不是归功于作者的什么特殊的天才。大量的欢乐和活泼——这是天才？我不敢说“天才”这个词适合于这些自白。

在写这本书的时候，我对让-雅克·卢梭一无所知。几乎令人难以相信，我在青年时代竟然没有听说过他的名字，但《一个青年的自白》证明我从未读过他的作品。只要读过他一页的作品，我现在正在写前言的这本书就不可能问世了；我可能只会写一部更完整，但更少独创性的作品。我写作没有模仿的对象，让-雅克也是，写作不模仿任何人，但他是在生命的终点写作的，大约在60岁和65岁之间。他的书是从遥远神秘的远处看到的生活，而我的书则只是从树缝中投来的短暂一瞥，是5月早晨的迷醉。青春唱着歌儿前行，那歌声常常是粗陋而肤浅的。青春就只应是天真烂漫的，而这本书也就像婴孩的牙牙学语一般，自然而真实。这也是佩特喜欢它的原因，并给我写了下面这封信：

我亲爱的、勇敢的摩尔：

很感谢你的《一个青年的自白》，我是带着极大的兴趣和崇敬来拜读它的。并且非常钦佩你的独创性——你愉快的批评——你那阿里斯托芬式的欢欣，至少称得上是一种生活享受——你无尽的活力。当然，书中也有很多地方我不能苟同，但作为这样一部讽刺著作来说，我想没有人有资格对其妄加批驳。我毫不怀疑你在书中表现出的文学才能。“你采取了这样一种值得商榷的形式”，看完此书，我忍不住想这样说。我说的“形式”是精神上的，而不是指风格。

你也十分友好地提到了我的作品，但我的快乐与此无关。不过我仍想知道你会失去多少东西，但就你自己和你的作品来说，尽管表现出快乐、温和和对许多东西的美丽且真实的感觉，但我仍要称之为一种愤世嫉俗的，并因此是一种独特的观察世界的方式。你仍只称之为“现实主义的”！天哪！

真心祝你的生花妙笔在未来愈加出众。

你真诚的朋友

沃尔特·佩特

这是一封令人愉快的信，但是除了快乐地写这封信外，佩特也没什么能做的了。“愉快”是他的话，或许是他用得最多的词。见信如见人，如果我还保留有他以前的来信，我会继续谈他的信。他曾邀请我共进晚餐，如果我还保存着他的餐会请柬，我就能更清楚地说明，他即使只是为了写“你星期二能与我共进晚餐吗”这种小事也要讲究辞藻。我是多么想让读者看看那个把自己隐藏起来，只为了他的艺术才能落笔的佩特啊！我们已经失去了一个伟大的艺术家佩特，一个艺术家一旦开始不考虑结果，而只全身心地重视表现的手段，他就会自负，但是佩特毫不怀疑自己的这种自负，他虽总是把结果考虑在内，但从没有将它和艺术完全分开过。他的艺术对他而言就好像鸟儿的巢，一旦他飞得过远，就会发现他的巢被毁了，或是他自己被改变了。外面的花花世界可能会让他觉得自己最初离巢的目的——使文学具有音乐性——变得不那么吸引人。去做一些别的事而半途而废，在他看来就等于一事无成，要知道——我不得不重申一遍——他从没有将自己和艺术性完全分开过。因此在他创作的时候，那些逗号、分号、破折号、感叹号和问号老是会浮现在眼前。不过佩特本来就是我们当中最谦恭有礼的人，他又学会用一种不被察觉的、平淡普通的叙述方式，泰然自若地掩盖他对于文字节奏感的追求，所以我们料不到其实他时时都在做着他的“音乐文学”。自从我们从伯爵街搬到高地街以来，佩特的面具一直是我们许多争论的主题，不过我却怀疑是否有人曾断言佩特保守的真正原因。虽然我们注意到，他在散步中遇到冲上来的崇拜者时并不介意，用一个勉强可辨认的潦草签名打发他们之后，他便急忙离去，继续慢悠悠地散步，不过当时我们猜测他是在追求文学的音乐性，偏偏就没想到他的生活原则就是不把自己完全与我们所不知的艺术分离……现在我一切都想起来了。在安德烈·拉法洛维奇的晚宴上，我看到他两边放着盛开的玫瑰，他总是在构思。我想他只有在睡着的时候，才不会想着他的“音乐文学”。

谈论佩特几乎和谈论马奈一样令我痛苦，他们都给我留下那样深刻的印象，但现在为了这本《一个青年的自白》，我或许得抛弃佩特了。这本书是我思想的开端，我以后所有的作品都将脱胎于此。一个朋友对我说：“你老是想着《伊丝特·沃特斯》。”当我问他这话是什么意思的时候，他说：“在《一个青年的自白》中也有她呀。”有一段时间我没听懂他说的是什么意思，后来我才知道他指的一定是书中的女仆艾玛。这本书也可说是我的思想和趣味的宣言书，表明了我对最优秀的现代文学作品和现代艺术作品的喜爱，以及我从前不善描写敏感、热情的女子。那个写信谈我在圣母街卖家具的情况的女子就是这样一个例子。她就像一道一闪而过的欲望之光，在书中出现，但一会儿就消失了。这本书关注的是艺术而不是艺术家的自由发挥，我很高兴地发现我今天的趣味还是80年代初期的趣味。

这本书是英国，也几乎可以说是世界上第一次对马奈、德加、惠斯勒、莫奈、毕沙罗进行赞美的书，无论是谁读了这本书，都会发现自己无法否认时间已经证明了他们的辉煌。

在目前这个版本中，我增加了一些法语诗，但读者们不会以为我这么做是为了赋予这些琐碎之诗以什么文学价值；我知道，任何用外文写成的作品都是没有价值的，但这些诗的写作时间与《一个青年的自白》同时或大致同时，它们都属于那个时期。我献给马丁·路德的十四行诗和献给斯温伯恩的一个剧本中都有很明显的法语错误，马拉美立刻就发现了这种错误，但除此之外谁也做不到这一点，虽然其他很多诗人都出现过这种错误。我还增加了马拉美作品的第三版译本，初译本曾包括了两首散文诗，但实际上有三首，第三首因为懒而删去了，我想大概也是因为它不像前两首那么令我满意，不过现在我发现即使是翻译版，也有其独特的美，相信读者们也会感谢我加入了这首诗。

第三个补充是受鲁本斯为他第二任夫人海伦·佛罗蒙特所

画的肖像激发的几首诗。第四部分是一首以弗朗索瓦·维永的风格创作的叙事诗，当然在诗体上还有欠缺，韵律方面也有一些错误，比如“louis”实际占两个音节，而我把它当作一个音节等等。这样的错误在考证后都改正了，并且叙事诗中也没有了结构上的问题，当然除了那些十律的半行诗。不过，在班维尔写下自己著名的诗行以及里奇潘的模仿之作后，法语诗的十二律规则就被当作古董废止了。然而，我加入这首古体叙事诗是为了主题，而不是为了诗体；因为我会告诉你们在70年代末，我们这些在新雅典娜咖啡馆过夜生活的人常常到妓院寻找文学灵感。每个时代都有自己最喜欢的主题。拜伦和雪莱找到了乱伦的主题，不过自维永写下他那首著名的叙事诗《大遗言集》之后，一直被诗人忽略的妓院主题开始再次受到重视，或许是在低矮的山坡上，但仍是在里奇潘写《妓女之歌》的帕纳索斯山的山坡。莫泊桑之后带着他的作品也来到这里。我的老朋友保罗·亚历克西斯也创作了一些。我的这首叙事诗将是作家们喜欢写或喜欢暗示的这类题材的最后一个例子，和他们一样，我也不会忘了加上一句：“就这样快乐地消失吧！”

第一章

巴黎，巴黎

就我的理解，我的灵魂已经染上了各种各样生活方式的色彩，我的自我意志和冲动的性格促使我沉浸于这些生活。因此我可以说我摆脱了天生的素质、缺点、趣味等因素的影响。我所拥有的就是我所得到的，或者更精确地说，就是那些机会赐予我的，即使是现在，也仍然在赐予我。我来到这个世界，显然带有一种就像一块光滑的蜡那样的本性，没有任何印记，却可以接受一切事物，被塑造成任何形状。我认为我也可能成为皮条客、马夫，甚至是主教、法老，并且在履行每一项职责时，我能取得一定程度的成功。我这么说并没有夸大其词。我曾经感受到很多动力的驱使，我也曾搜寻过很多事物，当一个线索断了的时候，我就凭着与生俱来的毅力而不是那些需要一定理由才会出现的热情，再找到另一个。有时，我也会觉得疲倦和失望，这是真的。可是它们都不会持续太久。一句话、一本书，或仅仅是对环境诱惑的屈服，都会使我找到另一个目标，而忘了以前的失败。事实上，最复杂的只是我欲望的迷宫。所有的光都一样灼人，所有的呼唤都一样渴求回应，它们从右边、从左边、从各个方向向我涌来。但有一种声音越来越坚定，随着时光的流逝，我学会了越来越充满活力地追随着它，渐渐地，我迷路的次数越来越少，而道路也越来越宽广了。

我11岁时第一次听到了这种声音的呼唤，并且听从了这种呼唤，或者也可以说是我回应它的征兆？

场景：一驾豪华的家庭马车，由两匹强健有力的马拉着，慢慢地走在一条狭窄的爱尔兰小路上。两边是不断重复的风景：绵延不绝的蓝色山脉，没有尽头的沼泽，已经腐烂的小屋，荒芜的水面上惊起的雎鸠。马车里有两个孩子，穿着新夹克，戴着新领带，由于刚刚睡醒，他们的脸有点苍白，马车的摇晃也使他们感到不适。那时是早上七点。小孩的对面是他们的父母，他们在谈论着全世界都在流传的一部小说。奥德利夫人是否杀了她的丈夫？奥德利夫人，多么美丽的名字。而她，一个纤细的、苍白的、仙女一般的女人，竟然杀了她的丈夫。这样的想法闪入男孩的脑中，他的想象开始奔驰，他需要一个解释。马车前进着，终于到达了目的地，而奥德利夫人也被推倒果树和杀死一只猫的乐趣所取代。

但当我回到家，我第一次抓住机会偷偷读到了这本有争议的小说。我是怀着急切的、热情的、激动的心情读这本小说的。我不停地读着。然后再读它的后继者、后继者的后继者，直到我读到一本名为《医生太太》的书——一个热爱雪莱和拜伦的女人。雪莱成了我的上帝，这个名字中有魔力，有启示。为什么我会喜欢雪莱而不是拜伦？雪莱，这是个水晶般的名字，而他的诗也像水晶一般透明。我必须去看，必须去了解这个人。我从教室中逃出，在图书馆中搜索，我的热情终于有了回报。我找到了一本《敏感的植物》，一本小小的红色口袋版的书，无疑它已经很久没再版了。我失望吗？我觉得我希望得到更好的，但当时我不得不承认我非常满足和高兴。从此，这本小册子就一直在我的口袋中。我在暗绿的爱尔兰河边读着这些令人眼花缭乱的章节，虽然能理解的很少，更多只是喜欢而已。同样，拜伦也经常和我在一起，这些诗影响了那段时光，如果没有它们，我那段生活只能是不安的和烦躁的。

我带着我的诗人去学校，因为在这个无知的可恶的教会学校和这些牧师中，阅读《麦布女王》和《该隐》令我感到愉快。这些诗人把我从奴役思想的学校中拯救了出来，因为在当时我什么也学不会。那是多么坚决的、无可救药的懒散。我常常盲目地盯着一本书，用双手抱住头，任我的思想驰骋在美梦和幻想中。不论是拉丁的、希腊的、法国的、英国的还是历史的写作，我都学不会。除非，我的好奇心或个人兴趣被激起来——这样我才会在知识的道路上快马奔驰，达到我追求的目标。迄今为止一直是黑暗的心灵好像一下子亮了起来，只要我保持着热情，它就会一直这么明亮和干净，可是一旦我的热情消退了，它又会变得暗淡无光，依然迟钝，直到再一次被另一种刺激所唤醒。

我是一个任何校长都不想要的男孩，而这样任性、冲动的个性最终导致了我被开除。我是16岁被开除的，因为我懒惰，没有任何价值。接着我回到了荒凉乡间的家，发现我的父亲正在从事训练赛马的事业。对一个像我这样天生充满生命力的人来说，某种野心和抱负是必要的。现在，就像我一直常常做的那样，我抓住了自己的第一个理想。这次是一个马厩。我有了一匹马，每星期我都会骑着它去狩猎，每天早上我都会骑着它奔驰，我留心赛马日历、马的血统记录簿、最近的赌赛，热情地渴望有一天成为著名的障碍赛马冠军。对于我来说，成为利物浦赛马冠军是最终的成就和荣誉。如果没有意外，我极有可能已经实现了这一梦想，如果不是刻意为了荣誉，某种不能算是低俗的东西，比如——唉，我已经想不起来具有必然价值和意义的比赛的名字了。大约在那个时候，我父亲被选为议会成员。我们的家庭破裂了，我们来到了伦敦。但根深蒂固的理想是不易被取代的。我坚持着自己的爱好，尽管没有前途的伦敦生活注定了它最终的结果。我悄悄地在烟草店里下了一笔小小的赌注。那个小店我记得非常清楚，店主长着一张油光光的脸，蓄着沙色络腮胡，他的下注书、沿着柜台排放着的廉价雪茄，还有总喜欢靠在柜台上消磨一晚上的独眼怪人（据说他认识某个认识某某国王的男仆，一个常被人提起但很少有人看见的仆人，他写了一本定价200英镑的关于赛马的书），还有来来往往的出租车司机——“半盎司烟草，先生。”我当时住在尤斯顿路的一个军事教官那里，因为我父亲常常问我准备从事哪种职业，我这算是给他的回答，我已经同意参军。在我心里，一想到军中纪律严明，而且很可能默默无闻地死在战场上，我就觉得应该拒绝参军。对一个像我这样充满自我意识、充满个性的年轻人来说，那是无法接受的。我之所以答应父亲，是因为我没有勇气说不。我寄希望于将来，这是很有可能的，因为我面前展开了一幅美丽的闲适情景，而实际上，我通过任何考试的可能性都是非常渺茫的。

在伦敦我认识了一个金发碧眼的伟大画家，他不停地谈论漂亮女人，有时候把她们画得比真人还大，而且总是睡不醒的样子，带着奢华的色彩。他的画室与唾沫横飞和赌博不断的烟草店构成了鲜明的对比。他的画都是多雷一样的即兴之作，没有技巧，事实上也没有艺术感觉，只保留着一种确定的宏大而高贵的感情——让我充满了惊奇和敬畏。“做个画家是多么快乐啊！”我有一次脱口而出。“为什么？你想做个画家吗？”他突然问道。我笑了，因为我毫不怀疑自己实际上没有任何绘画天赋。但这个想法一直盘桓在我脑海中，不久以后，我开始在街上和剧院画素描。我的努力不是很成功，但是他们鼓励我去告诉父亲，说我不想去军事教官那里了，他同意我去肯辛顿博物馆学习艺术。当然，我在那里一无所获，而从纯粹的艺术观点看，我要是还在街上画素描就好了。但博物馆对我产生了美好而有益的影响，这种影响非常适用于当时那种困惑的时刻。因为我在画廊里遇到的一些年轻人并不谈论赌博和赛马，我清楚地记得他们的理想要比我高得多，他们呼吸着比我的思想更纯洁的气息。还有那种甜蜜的、洁白的、古朴的宁静！那种既不是悲哀也不是快乐的伟大且平静的注视，还有一些我们所不知道的东西——它们已从这个世界上永远消失了。

“但如果你想成为画家，你一定要去法国——法国是唯一的艺术学府。”我不得不再次注意到先兆回应现象，就是说，有时在某个地方听到一些对我们的理性没有任何吸引力的词，也会驱动我们的信念。法兰西！这个词回响在我耳畔，闪烁在我眼前。法兰西！我梦中涌出的所有感觉，就像船员听到瞭望台上的人喊“陆地就在前方”时的感觉。我立刻知道自己应该，而且必须去巴黎，我应该生活在那里，我应该成为一个像法国人一样的人。我不知道什么时候去，也不知道怎么去，但我知道我应该去巴黎……

就这样，我从小伙子长成了一个男人，就像小溪从一块石头流到另一块石头，每一次跳跃都积蓄了力量。有一天，父亲突然被召回到爱尔兰。几天后，我们收到一封电报，母亲读完信说父亲很需要我们在他身边。我们跋山涉水开始了旅行，在一个冬天的夜晚，在萧瑟的乡间小道上，一个人走到我们身边，我听他说一切都结束了，我父亲去世了。我爱父亲，但我的灵魂却在说：“我很高兴。”这种想法不请自来，却自然而然，我将头扭向一边，为我的灵魂震惊。

哦，我的父亲，从不尊敬和爱别人的我尊敬你、爱你。你是我心中一个纯洁的形象，你给了我真正的爱，没被生活打破和污染的爱。我记得你的声音、你的慈祥和快乐。我从你身上得到了世界上所有的善和智慧——就是这个正在高兴的我吗？不，这不是我。我并没有刻意去想，但这种想法却不请自来；我自己只能对你说出赞美和爱慕的话，那个说“我高兴”的不是我的声音，但那是我们从许多代人那里继承来的生存意志的碎片。生存意志的声音是可怕的、强迫性的：让老实人投第一块石头。

每个人都能看到自己的灵魂是赤裸的，被剥去了所有面纱的那一天是可怕的。而这正是他无法改变或放弃，与他密不可分的亲爱的灵魂。

我父亲的死让我获得了自由，我像是被松开的对着阳光的树枝一样成长。他的死让我有力量创造自我——从一个被家庭限制的狭隘自我中创造出一个完整的、绝对的自我。这个将来的自我，这个理想的乔治·摩尔吸引着我，像一个幽灵一样在引诱着我。我在参加父亲的葬礼时就想，我是不是要牺牲这个幽灵一样的自我呢？是不是这样就可以使父亲复生？我一想起这个得不到答案的问题就害怕地畏缩。

现在，我的生活就像是春天里一个感情迟钝的花园；现在，我的生活就像是一朵意识到光的花。钱放到我手里，我能预感到它所代表的一切东西。在我面前是水晶一般的湖、远处的群山、波动的森林，我只说一个词，这个词就是——自我。不是那个属于我的自我，而是那个我热情地要创造的自我。但当我如此突然地离开这个地方的时候，我觉得自己好像是一个杀人犯，我胡思乱想，无法镇静下来。当我探索这种深刻的心理时，我发现，虽然我完全意识到了我已得到所有的快乐——女人、优雅的衣服、剧院，还有餐厅——但我很少想它们，更多的是想对着石膏模型画的一些画。我会成为艺术家的。当我坐着飞快的火车和汽船去伦敦的时候，我已决心要成为艺术家了。没有束缚，不用再去当兵，什么都不用，18岁，生活和法国就在我面前！在国外感受到生活的脉搏之前，我在家里已经感觉到了，想象着画室的样子——挂毯、模特儿和为法国做的准备。

很难说出完整的事实，也很难避免传达一种错误的印象；我将欣然在这些纸上表现出我的灵魂，就像明净水面上的一张脸。从一个方面看，我的画室实际上只不过是一种娱乐，一种从精神上摆脱所有束缚的方式；但我并不从这个方面看。我的画室是我的冒险。国家美术馆里的一幅波提切利把我吸引住了。当我回过头来看这一段过去的经历时，我不得不承认我本可以在更不幸的环境中长大，因为即使是已消失的画室——这样的画室很多——也不是无用的。它培养了自然人，这种人可以进行自我教育，会准许自己的思想在现代生活的阳光和风中，在与正在大学读书或已毕业之人的冲突中生长、成熟，而后者则终日伏案于数世纪以来的书卷尘埃之中，然后按既定的模式生活，从而使自己符合普通人的“标准”。

当时我的阅读已不再像先前那样局限于某一范围。对雪莱诗歌的研究促使我几乎通读了英国所有的抒情诗。同时，由于受到雪莱无神论思想的感召，我拜读了康德、斯宾诺莎、葛德文、达尔文以及米尔的作品。因此，不难理解，雪莱的诗不仅给予我第一道思想灵光，同时又为我思想的第一次翱翔指明了道路。但我并不这样想：如果雪莱不仅仅是一名诗人，尽管我对诗歌无限热爱，他也许不会在我年轻的心灵中造成如此强烈的影响。雪莱的梦想在于形而上学——如果你愿意，也可以说这种梦想很微弱，但我所能追随的就只是这种微弱的梦想。许多年来，我一直被一个问题深深困扰，那便是“神是否存在”这一看似世间最荒谬的问题。最后，我按无神论的观点找到了它的答案。因为，对我而言，反对世俗观念是一件司空见惯的事情。至今，我仍然记得，在我十几岁的时候，我被奥司各特学校开除了，理由是我拒绝向上帝忏悔。事后，我决定向我的母亲坦白：我不再信奉上帝。当时她正倚在客厅靠近烟囱的一角。令我吃惊不已的是，虽然母亲是一个虔诚的信徒，但她听到这一切的时候却一点也不吃惊。她只是对我说：“乔治，我对此深表遗憾。”相反，我对母亲的无动于衷却感到奇怪。

由于我热衷于诗歌中的音乐与韵律，因此我对小说并未表现出多大的兴趣。在我看来，司各特的作品与柏克的演讲如出一辙。换而言之，对于我这样一个注重个人感悟的人来说，司各特的作品过于写实。然而，狄更斯却一直在我的心中占据着至关重要的地位。我认为《荒凉山庄》是他一生中最显著的成就。萨克雷在我的记忆中未曾留下太多印痕，更未曾令我的目光驻足。他的语言缺乏表现力，不像狄更斯的那样生动形象；他的讽刺小说又过于肤浅，而我那时却热衷于探求生活哲学的真谛。在我年轻的时候，我一直希望写实作品能“深入挖掘”社会与人的本性。譬如《米德尔马契》《亚当·比德》《理性主义的崛起与影响》《文明史》等，在我的生命中都是重要的事件。另一方面，我对生活的热爱远远超过对书的痴迷。但奇怪的是，我的幸福感却是随着知识的增长与日俱增，它们犹如两匹拉着一辆四轮马车奔跑的训练有素的马。在等着车夫喂好马饲料拉我去参加德比的一个聚餐会的间隙，我会读一章康德，然后放进口袋，希望留点时间关注一下路程。我热爱公园里艳丽多彩的阳光，我热爱风尘仆仆的车队。我甚至向那些我原本无须行礼的人鞠躬。虽然这一举动令我的朋友大为吃惊。我小心翼翼地与我的邻居不断彼此增进了解，他曾为了上演奥芬巴赫[1]的歌剧而买下环球剧院。花束，观众席，圆形舞台……所有这一切都令我感到惬意。最重要的是剧院的生活——闪烁着粗劣的煤气灯的火光，站立着粉刷一新的墙壁，充斥着各种民谣

1　雅克·奥芬巴赫（1819—1880），法国作曲家，曾任法兰西歌剧院乐队指挥，一生创作歌剧百余部，代表作有《地狱中的奥菲欧》《美丽的海伦》《霍夫曼的故事》等。——译者（本书注释均为译者注，后不另注）

和乡间小调、波尔卡舞曲与华尔兹。这样的生活是那么令人神往与不同凡响！我住在家中，但每天都在一家时尚的豪华餐馆里用晚饭。八点半，我会到达剧场。一如既往地和看守打过招呼后，我便径直穿过长长的走道走向舞台。之后吃晚饭。我最喜欢去克勒莫恩和阿尔及尔包间。由于我在我母亲面前轻而易举地隐瞒了真相，又吹嘘我一直在无所事事，因此，我的母亲一直忍耐着，甚至认为我在堕落。但是，没什么可担忧的，因为我与生俱来就有一种明确的自我保护意识。我不与人打赌，也不酗酒或负债，更不会私下与人结婚。总的来说，我是一个真正的模范青年。当我凌晨四点回家时，抬头望去，只见一轮惨淡的月，我在心里默诵着雪莱的诗。我开始幻想自己长大成人时怎样前往巴黎学习绘画。

第二章
朋友（一）

前往巴黎的那一天终于到来了，在我的一个爱尔兰仆人的陪同下，我带着几只装满书和绘画作品的旅行箱，为了艺术踏上了前往巴黎的旅程。

经过马车一路的奔波之后，我们于次日清晨六点半到达巴黎的北方车站，这里到处都是高耸入云的建筑物，憔悴不堪。在这里，我们终于可以亲自体验多瑙河那种极度的暗淡与忧郁。这座城市中到处都是暗淡的、泥泞的、灰蒙蒙的房屋。所有的一切都缺乏色彩。整个街道也是惨淡不堪。家庭主妇急匆匆地赶往市场；一个可怕的咖啡馆侍者，脖子上绕着一条围巾，移动着一些椅子。这些咖啡馆如此荒凉、孤独，似乎很难想象会有人坐在里面。“香榭丽舍大街在哪儿？爱丽舍宫在哪里？”我问自己。我感到自己对这个城市的外貌深感遗憾。我向仆人解释说，我们只是在走一些小道，然后又把目光移回到法语词典。然而，在我说完“我们需要一间有热水供应，同时还要生着火的房子”时，我完全累垮了。连叫那间旅馆的业主，一个会讲英语的人，也须派人去叫。如果说我曾经有过梦想的话，那么它便是在卡巴内尔的画室中学习绘画。一幅画着森林之神抓着一个女子穿越莽莽丛林的作品，曾引发人们无限的敬仰。另一幅作品则描绘但丁在城墙下的法官席上向受惊的人宣讲的场景。这一幕使我渴望将自己的思想与诗人的思想完全融为一体。我能感觉到女孩双肩的震颤，就像她被但丁所描绘的地狱见闻吓坏了，深深依偎在爱人怀中以求得到保护时所能感觉到的那样。但是，在我未学会法语之前，去拜访卡巴内尔的画室也是徒劳。三个星期后，我完全丧失了耐心。因为要用三周的时间掌握足够数量的法语表达自己的意图，这对我而言未免过于仓促。

接待我的那位男子彬彬有礼。他是一个身材中等、肩膀宽而高耸的中年人。他那剃得方方正正的胡须和脸上所折射出的雄狮般高贵的气质，不由让我想起了另一个人。他是一个杰出的绘画大师。在1873年3月，他曾耐心地听我赞美《佛罗伦萨诗人》。他专心致志地听着各种术语，同时获悉我对他的一幅挂在他画室的墙尽头，准备用作卢浮宫装饰画的画真心赞赏。看了我的画，他试图说明他无法把我纳为他的私人学生，因为除了我们现在所在的这间画室之外，他就没有其余画室了。对我而言，房间的一角已足够栖身，但一想到我是因他的恩惠而拜其门下，我决定婉言谢绝。然而，他挽留了我。因此，我再一次被他的教诲驯服了。他是一个美术学院的教授。我所能做的最好的事就是向大使馆申请免试入学的资格，大使无疑会为我争取到免试入学的资格。在我乘马车飞速离开的途中，我对自己说：“他没有当面收下我，因为他认为我的作品仍有不足之处。”我将把这一故事告诉莱昂斯勋爵，一个彬彬有礼的老绅士，他答应代我向美术学院的院长说情。几天后，一份官方信函交到了我手上。一天早晨，当我向许多骚动不安的人介绍完自己之后，他们的行为举止、外貌表情使我相信我无法忍受美术学院的生活，学院所能传授的技巧并非我寻找的那种。

模特儿每周只来三次，其余的时间我们就临摹雕塑。每天早晨七点到校，这需要极大的意志力，我每天都是心惊胆战地想着第二天早起赶路的情景。然后，因为星期天的惰性，星期一早晨我叫随从离开我的房间，说我不再回艺术学院了。他试图说服我起床，他的命令简洁明确，但我拒绝了。他一把从我手中抢过睡衣，带着它们跑了，把它们锁在另一个房间，让我光着身子留在床上，为自己的软弱而羞愧。因为在卡巴内尔的影响和榜样力量的作用下，我曾对此抱有很大的希望。放弃美术学院就等于放弃卡巴内尔，一天又一天，我在香榭丽舍大街走来走去，研究着沙龙展览的照片，并试图找到一个能让我有勇气介绍自己的画家。我永远忘不了父亲让我看的那种画。一天，他刮胡子的时候，给我看了三张画的翻拍照片。它们是一个名叫塞夫勒的艺术家创作的。父亲喜欢纤细的人物，而我却喜欢肥胖的那种——如维纳斯站在林子的一角，向酒杯中倒酒，而丘比特则在她被缎子掩盖着的膝边，用弓射着飞过白杨树的鸽子。这个女子的美丽，这贯穿塞夫勒整个艺术生命的美丽，引起了无数人的幻想。我曾得出一个结论——这个结论一定会引起很多人的同感——维纳斯是塞夫勒最美的情妇，他们生活在如画的幸福里，一个绿树成荫、鸟语花香的花园。维纳斯的形象一直萦绕在我的想象里，她穿着白纱衣服，宽大的衣袖垂到肘部，正在从一只银器里给围绕在她身边的鸽子撒谷物，这些鸽子在她纤细的双脚周围拍打着翅膀，或飞到她鸽子一样的手臂旁。这些维纳斯之梦陪伴我骑马走过梅奥平原。在伦敦期间，我决定，一定要成为塞夫勒的学生，被维纳斯所爱！

于是我开始到处寻找，困难也来了。最后，有人建议我去爱丽舍宫展览会，从目录里查一查他的地址。当女门卫给我抄他的地址的时候，我却去追一只正在房顶上跳来跳去的喜鹊，因为我还只是一个什么都不知道的孩子，才刚21岁，这个世界上的一切都使我充满了好奇。我常常想，在我的灵魂被交给我之前，它一定被遗忘河里的水洗过，站在英吉恩——离巴黎不远的郊区——前面，我感到自己是那么清新，几乎可以说是一个处男。整个法国乡村就像一本童话：高高的白杨树，水中倒映着叶子和发了芽的树茎。这一切就像在画中。车夫用鞭子指了指，我看到了一堵花园高墙。我推开半掩的园门，穿过石子砌成的小路，寻觅那美丽的女神。我觉得她应该在用银器喂着她的鸽子吧。我自问塞夫勒先生是否邀请我吃早饭。一个女佣开了门。她把我领进画室，我还没来得及看挂在墙上的几幅草图，塞夫勒就进来了。他是一个非常清瘦的人，不像卡巴内尔那样天生一副天才像。但由于我此行的目的是他的女神和拜师学艺，我尽可能用我的法语知识将谈话拉长。他说，他的画都在沙龙，但他给我看了几张草图，还告诉我他没有多余的房间收学生。我借机问我是否应该在英吉恩租一间房子。“有房子出租吗？”我问。他说有，并说如果我能租到房子的话，他会很高兴去我那儿指导我。但是我一点儿也不能确定塞夫勒有没有夫人，我就避免直接回答，说我一旦找到了房子就立刻写信告诉他。他回答说也希望我能找到合适的房子，随后，他领着我走到绿树成荫的花园。“我在你画上看过这些树。”我说。我审视着每一个角落，希望能看到她读书的样子，并且当我走过的时候，她能抬头看我一眼。

我好像看到了拱门后面有白色的裙子，但我看到的或想象中的裙子好像是他的夫人或者女儿穿的。但不管如何，塞夫勒的情妇——如果他有的话——我那天没看到，其他时候也没发现。我再也没有看到过他。事实证明他也有一点儿失望。我想，他画中那个激起了我的童年幻想的女人可能是很早以前画的。“这个女人现在或许是个老妇人了，”当火车到达巴黎时，我说，“但即使这样，我也必须师承某人学绘画。”第二天，我和我的随从一起回到英吉恩，他对英吉恩没有什么热情，而且也没刻意对我掩饰他不愿意被安排住在这里。

我们在巴黎都很孤独。每天晚上我都让他在我的房间里抽烟，他用浓重的方言建议我回到母亲那里去。但是我没听。一天，在香榭丽舍大街，我被朱尔斯·勒菲弗尔的艺术深深折服了。事实上，我看到，即使现在我也不得不承认，尽管我现在浸透了不同流派的不同美学，但它缺少我所梦想的那种柔和的优雅，而这在卡巴内尔的作品中却是内在的；但此时，我正在描述的我的个性太年轻，易于变化，以至于使我无法抵制通常的裸体人物的吸引，她们都有慵懒的姿态、长发、苗条的臀部和手。我无条件地完全接受了朱尔斯·勒菲弗尔。然而，当我请求他收我为徒的时候，他却犹豫不决。但是他给了我他每周二早晨授课的画室的地址。因为似乎没人急于让我到他的画室，我就想或许公共画室更适合我，因为在那儿可以碰上各种各样的法国人，也会遇到各种情况。在与他们的交往中我有更好的机会学习法语，吸收法国文化的精髓。

我被介绍去的画室在活动画廊的尽头。我在那里遇到了M.朱利安，他是一个典型的南欧人：深色的眼睛，机灵而且警觉，有说谎的习惯，满脑子色情思想。我们很快成了朋友——他有意识地利用我，我也不知不觉地利用他。我给他40法郎，一个月的捐赠，这些对他而言就是天赐之物，这样我邀请他共进晚餐或去剧院就不会被他鄙视了。虽然我也知道与一个只学过三个月法语，而且善谈的人在一起有点难以忍受；但晚饭吃得不错，我也觉得奇怪而有趣。无疑，朱利安是有意这样做的，我却根本没细想，但我觉得这个机灵、聪明的男人对我很有用。

我从来没遇到过这样的人，我全部的好奇心都被唤起了。他谈论艺术、文学、世界，还有色情。他告诉我他读过的书，叙述了他生活中让人惊奇的事情，还有那些穿插在谈话中的道德思考，让我震惊。就像每一个20岁的年轻人一样，我也正在寻找某些东西，以实现自己的理想。在我看来，当时的世界就是一个15年前的玩具店：一切都是崭新的，每一个美妙的幻觉都直接涌现在眼前，在重新上色和镀金后显得色彩艳丽。朱利安为我开启了一扇巴黎式生活的大门。当时，所有敞开的大门我都欢迎。他与我的交往让我感到一份友谊正等着我，那也注定会在我生命中的一段岁月里吸引我。

画室里有一些18岁或20岁的年轻人，这些人中有四五个是我可以学习的。那里还有一些十八九岁的英国女孩。我们围坐一圈，照着模型画画。那些与全世界的意见和偏见颠倒的言论让我特别感到高兴，我喜欢不真实的感觉，也就是画室里所表现的生命中那些异常的本性。此外，画室里的女性年轻且有趣，因此，正如她们所做的那样，她们成了画室里的魅力所在，这种性感带来了微妙的精神上的愉悦，而它的外在形式是很愉悦眼睛的——女孩穿着长袍，头发飘起，露出颈部，戴着耳环，袖子卷到手肘。尽管这些对我来说都是那么可爱，但我并没有坠入爱河：逃避女性诱惑的人一般来说是受到了有独特魅力的朋友的影响，还由此养成了一种不怎么健康和合适的依赖感。尽管我回顾这份友谊时——渗入到我生活中的友谊——

欣喜并没有减少，然而我不得不承认，不管这份友谊对我有多合适，在大多数情况下，事实证明它只是一块使船只失事的礁石，碰到这样的礁石上，一个年轻人的一生会变得支离破碎。能够使我解脱的是我对于艺术的那份热情和一种道义上的反抗，反抗任何我认为会使我妥协的行为。我是会有点偏离自己的道路，但绝不超过“一步”，只要我愿意，我会马上折返回自己的道路。

一天，我抬起眼睛，看到画室里来了个新人。令我惊讶的是，他的画确实画得很好，我的经验使我从不会将天才和身穿做工考究的衣服的人联系在一起。他的肩膀漂亮且宽阔，颈部长长的，头很小，脸狭长且瘦小，一双眼睛充满了智慧和魅力。尽管他才画了不到一小时，就已经勾勒出了画的轮廓，包括周围所有的景物——屏风、灯、火炉，他画画的工具使我感到很有趣。我问身旁的女士他是谁。她也没法回答。四点的时候，大家都开始离开画室，我们像往常一样到附近的咖啡馆喝啤酒。我们弯腰从拱道下走过时，那个年轻人（他叫马歇尔）用英语和我交谈了几句。我说我叫摩尔，我们还谈到了某个人的画室——这个人长得金发碧眼，他那多雷式的即兴创作曾唤起我的理想。

思考着生活中偶然出现的各种可能性，我照例说：“你愿意和我一起吃晚饭吗？”马歇尔认为第二天吃饭对他比较合适，可我十分急切。他提出在酒店与我碰头，或者和我一起到他房间去，他会给我看一些画——是他从家乡带来的一些习作。没有比这更让我感到高兴的了。我们上了出租车。随后，我的这个朋友时时刻刻都表现出他的过人气质与优越感。他高大、强壮、英俊，穿着漂亮，说一口本地的法语，他持续侵入并俘获了我的想象。他说，他会讲法语很自然，因为他出生在布鲁塞尔，并且一直住在那里。他的身世非但没使我感到平静，反而刺激了我，我觉得能和他交往是一种骄傲。他说起时尚的餐馆和当红的女影星。他在一家美发厅前停下来，进去烫了发，而我则翘首以待能见到他的公寓。

他的公寓并没有我想象的那么华丽，但他解释说他刚在两年内花了10 000英镑，现在每个月也要花六七百法郎，他母亲会支付这笔钱，直到他画完这些画，并且卖掉其中相当一部分，而他则立刻开始构思这些画。我对他的仰慕达到了极点。我怀着敬畏的心情，仔细地看着那些按他的意愿造成的大壁炉，欣赏着用锁链吊在篝火上的铁锅。这些细节能够反映画室里剩余的东西——土耳其地毯、黄铜制的宫廷灯具、日本屏风、几匹织物、铺有红色乌特勒克鹅毛绒坐垫的栎木椅子、一个不知从什么地方淘来的栎木衣柜——一个便宜货，床也是不可或缺的，它的四角连着螺旋形的柱子。花瓶里放满了国外的绿草，棕榈树摆在房间的各个角上。马歇尔拿出一些画，但对我的赞美并不怎么在意。他坐到钢琴前，手指飞快地敲击琴键，熟稔地弹起了一曲华尔兹。

“这是什么华尔兹?”我问。

“哦,没什么,是一天晚上我自己作的曲子。我感到有一点忧郁而无处发泄。你觉得这曲子怎么样?”

“我觉得很美。真的是你自己作的曲子吗?”

正在此时,我们听到了敲门声,马歇尔把我介绍给一个漂亮的英国女孩。睁着空洞的眼睛,说着毫无意义的话,一个多情的女人怀着一颗甜心接受了这个男人。但随后我发觉爱丽丝有约会,她正要外出吃饭;可她会在某天早上造访,坐下来让他画她的肖像。

我在画室里的工作到目前为止都很有规律,但与马歇尔的交往是一个无法抗拒的诱惑。我开始长时间地玩忽职守,当我后悔自己的反复无常时,我哀叹我的朋友游手好闲,并恳求他看在自己天才的份儿上回去工作,对于这点我深信不疑。但爱丽丝的美貌吸引住了他,这是一种迷人的放荡。他爱她爱得彻底,他那欢快的、冲劲十足的态度使我感到高兴,他的经历为我对生活的享受和了解开辟了一条大道。

我一到巴黎,就在沉默寡言的仆人的陪伴下去了马毕和华伦天奴,并独自一人在“金房子”吃过饭;但马歇尔把我带到了一家奇怪的学生咖啡馆,那里的用餐费是用画来支付的。这是一个神秘的地方,后院里有一顶帐篷,帐篷下摆着一张桌子,蒙马特的爱情之光经常在这里闪烁。

我常常觉得马歇尔似乎对煤气灯下那奇异的绿色并没有什

么感觉，对由女性陪同的不真实的生活也没有什么感觉，虽然我们只知道那些女性的教名。他把这一切都当作理所当然，而我却沉浸在自己的想象中：管乐队铿锵的乐声，群拥在一起的舞者以及坐着敞篷马车，穿过温暖而浓重的夜色回家。在我们面前，一根挂在车盖上的鸵鸟羽毛点缀着夜色，裙摆掠过脚踏板，这些都使我的想象富有色彩。"她在他的怀里。"我说。"她爱他吗？"我问。我观察着月亮，并且把它比作一盏挂在天际的魔灯。

现在我们似乎住在法国那种出租的小马车和饭店里。那天下午充满着郁闷的气氛。马歇尔在这条街上有一个朋友，在另一条街上也有一个朋友。对于他来说，只需向车夫喊"停"，然后跑上两三段台阶——

"夫人——我可以进来吗？"

"是的，先生。如果你们愿意，就请自己进来吧。"然后我们被带进一间装修得很豪华的房间。一个女士匆匆走了进来，接着就是一场热烈的讨论。我懂的法语不多，因此无法完全跟上谈话，但我记得谈话中总是有"我亲爱的朋友"，并且穿插着大量的法语词"你错了"。这些女人都是刚从君士坦丁堡或日本回来，而且她们一般都牵涉一些神秘的诉讼案件，或者是忙于参与一些要求不同的外国政府赔偿几百万法郎的指控。

就像三年前我在环球剧院观看那些合唱队的姑娘和那些哑剧演员一样，如今，我观察着这个充满着巴黎式的冒险和爱情之光的世界，也由于过分好奇而兴奋。这种对生活方式进行观察的渴望，对于快速的手势符号和总结一种感情的文字，以及反映一个人内心灵魂的态度的本能，表明了它本身就是一种很强烈的激情：这种激情在生长和加强，以致发展到对其他的艺术构成破坏，但这种激情对我来说，依然十分宝贵。带着一只猫守在老鼠洞口的那种耐心，我仔细观察、认真聆听，从他们几个小时的喋喋不休中搞清楚一个重要短语的意思，我欣赏着他人的愤怒和风流韵事，并以此作为自己的趣事。这些男人和女人在我看来就像是正在搅动虚幻的河流表面的矮人一样，尽管我和他们一起欢笑、跳舞、欢宴作乐，但我毕竟不是他们。但他们对于马歇尔不一样。他们只是我娱乐的对象，却是他必不可少的快乐。而且我知道就是这种区别形成了我们的两种生活。我对此也深深思考过。为什么我摆脱那种永恒且敏锐的生活意识就无法生存？为什么我无法恋爱，无法忘掉充满芳香气味的房间里钟的嘀嗒声呢？

因此，我的朋友已经变成我的一个研究对象，一个让我解剖分析的对象。他思想的一般态度和各种各样有明显矛盾的举动，以及如何解释、如何分类、如何被简化为一条基本规律，这些对我来说都是不断的思想源泉。我们彼此毫无保留地信任。我说我们彼此信任，因为要取得信任，必须要相互吐露心声。所有我们看到的、听到的、读到的或是感觉到的，都是我们彼此相互信任的谈论对象：脸红时一瞬间的情感、睡醒时的眼神、夏天落日照射到白色衣裙上的蓝色光线，或者永恒的真理、死亡和爱。尽管我推敲过每种思想的性质，分析过每种动机，但是，我对友谊还是十分真诚，对待爱情还是十分忠诚的。当我发现马歇尔的欣赏表现得肤浅，判断表现得浅薄，他的天才很薄弱时，我对他的爱慕依然没有因此而减退。他的外表本身就有魅力，他那柔和的、带色彩的眼睛里充满了迷惑。他狂欢时的一个失误和一个挫折都能使我着迷。

在这个时候，对任何观察我们的人来说，他都会觉得我只是马歇尔的一个依附者、一个脆弱的模仿者。我带他到我的裁缝那里去，他建议我剪短外衣。他教给我如何安排房间，我努力模仿他讲话的神态和平时的举止。然而，我认为，我一直怀疑马歇尔的智慧源于他天赋浅薄，而我的天赋比他更深刻，而且还会随着时间的流逝变得更加深刻。我想我已经意识到我在成长，而已经达到成熟的马歇尔则可以教我。我毫不羞愧或吝啬地利用他，就像我利用所有那些与我有亲密接触的人一样。我不记得有哪个男人或女人曾占据过我思想中任何一个重要的部分，而这些思想对我的道德和身体状况不起任何作用。换句话说，或者用通俗的话讲，我从未有过无用的朋友缠着我。恐怕这时一些轻率的读者会立即判定我是一个蛮横无理、自私自利、错误、奉承、虚伪的人。的确，我也许都符合这些评价，并且可能比这更坏，但不是因为所有认识我的人都给过我巨大的帮助。我敢说，没人能在现实生活中比我更毫无企图地建立友谊。我从未想过要与这个人建立友谊而避免与另一个人建立友谊，并从与这个人的友谊中取得好处。“然而，你如何解释，”愤怒的读者喊道，“你从未有过你不从其身上获利的朋友吗？你的朋友一定很少。”恰好相反，我有过很多朋友，并且是各种各样的朋友——包括男人和女人；并且，我重申一遍，其中没有一个不曾对我贡献过好处的人进入过我的生活。当然，人们还应该明白，我并不区分精神帮助和物质帮助。就我自己来说，我一直是一个对他人有帮助的人。“呸，呸！”读者再次喊道，“我绝不相信将机会送到你面前的人，都是你要求帮助你的人。”机会，亲爱的读者，真有机会这种东西吗？你相信机会吗？你理解我的话的确切意义吗？你是不是随意用了这个词，并允许它来表达它可能的意思呢？机会！如果立即展开一个心理调查的话，那会是怎样的一个结果呢？我们又怎么能抛弃我们过去的生活来寻找——寻找什么？与我们有关的机会。我想，读者们，我可以对一般的问题略做解释，以回应你们的嘲弄：机会，或者说是我们生存的生活条件，让我遇到各种各样的人，但这些人都无法使我获得任何益处。然而一种我还不了解，甚至还没有意识到的本能把我从他们中脱离出来，我被另外一些人所吸引。难道你没有看见过一匹马突然离开田地的一角而到远方去寻找新的牧场的例子吗？

我不会使自己沉迷于一本书，如果这本书在那个时候或在那之后不久的将来，不是我的思想急切需要的东西。我的思想在质疑着、接收着、消化着。这么多的东西被吸收，这么多的东西被去除。然后，经过一段时间，相似的要求又会出现，相同的过程将在无法看到的意识下重复。就像一个排列有序的胃工作时一样。雪莱，他曾经给我的青春注入过激情，我曾被他净化，因他支撑了很久。现在他对我来说已经没有任何内容：不是一个已经死亡或衰退的东西，而是一个我无法从他身上获得任何营养的东西；因此，它（我不曾吸收的那部分）不再使我关心了，戈蒂耶、莫潘小姐也一样。我不是渴望成为飞向星光的飞蛾，而是渴望手臂和大腿就像令人窒息的激情一样完美。现在，如果我拿起一本书并开始阅读，我会觉得厌倦和被愚弄，就像一个破败的蜘蛛网悬挂在一间无人问津的房子中、一个肮脏和被人遗忘的角落里一样。我从前的那份痴迷和我年少时的快乐，只有当我认为戈蒂耶的那部分在我身上体现时才会重新获得。

我就像捡起书一样结识我的朋友们。我用同样的激情、同样的渴望对待我的朋友和书；同时，当我从他们身上汲取到我所需要的东西后，我就像从书中汲取到我的体系所需的东西后就抛弃书一样抛弃我的朋友。当我的朋友不再对我有利用价值的时候，我便停止和他们交往。我用的是“利用“一词的全部意义，而不是其有限的、20%的意义。将才智等同于低级器官产生的盲目无意识，在某些人看来会对人最好的信念产生冲击，更别提那种可以如此减弱的才智了。但我并不确定这些人是对的。我更倾向于认为，当你追溯伟大心灵所产生的高级思想的时候，这些无法解释的冲动、神秘的决心、突然出现但确定无疑的某种意识，都很难说清它们从何而来，但不知怎么的就闯入我们脑中，它们不但没有越来越少，而是出现得越来越频繁。确实，我认为如果一个真正伟大的人要说出他思想的工作情况，我们应该看到他会不断地被灵感包围——灵感！我们的思维总是在一个圈子内打转，当我们即将产生一个新的思想的时候，却又滑入另一个陈旧的思维之中。让我们先不管那些基本原则，因为如果我们能够理解大脑的本能一直是我们身体中最初的决定性的力量，那么我们就可以理解以上这种说法。

第三章

朋友（二）

但画室，我曾经回去过并且在最近的三四个月曾经非常勤勉地在那里工作过的画室，因两个原因使我感到厌倦。第一，它剥夺了我很多与马歇尔在一起的时间；第二，因为那个雕刻家，我开始认为仙女的轮廓或年轻人洗澡是表现人的坚定、完整的思想之流的狭窄渠道。那些关于爱、死亡、生活绝望的想法一直盘旋在我的脑海中。我多么渴望能够直接表达我的痛苦。年轻的时候，一切想法看起来都是那么新奇，我们都很荒谬地倾向于主观，只看得见自己内部的东西。我注意观察那些有意或是无意遇到的过着巴黎式生活的人，我观察着他们的手势、态度，我急于知道他们的灵魂究竟是怎样的。这些人的形象在我面前凸显，满足了我那不负责任的好奇心，但也仅仅如此。我轻视他们，厌恶他们，认为他们卑鄙无耻。

我写这篇文章的时候，住在林荫大道上一家旧式的旅馆里。一个野心勃勃的比利时人刚把它买下来，并且正在翻新，以求变得现代一点。这家旧式旅馆依然保持着它古老的特质。出于习惯，六个老人每到特定节日都会到旅馆中用餐。15年过去了，这些老人当然已经过世了，但我仿佛仍能看见他们坐在餐厅中，仍能看见那用橡木做成的碗橱，帝国时期式样的枝状大烛台。侍者点亮瓦斯灯照亮巴黎惨淡的夜晚。一个美国人30年来一直在这家旅馆用餐。他健谈、自负、愚蠢，但是可以信赖。坐在他旁边的是一个衣着干净整洁的老绅士，看起来像是一个法国人，却在西班牙度过了生命中的大部分时光。我所知的关于他的情况就只有这么多。对面坐了一个法国绅士，蓄着胡子，头发很硬。他在印度待了20年，他的儿子也在印度待了10年，最近刚回来。还有一个意大利女伯爵，虽已年近花甲，却打扮得像个16岁的小姑娘。如果房间里没有太多陌生人的话，她会在晚饭后抽一支烟。她所谓的陌生人是指那些她从没有见过的人。另外一个人是杜瓦尔先生，他有些胖，脖子很短，留着头发。他是一个剧作家，曾创作过超过160部剧本。他并不会吸引你的注意力，但是当你和他谈论文学问题的时候，他会用那双小而长的眼睛盯着你，殷勤地谈论着他的合作伙伴。

很快，我就对杜瓦尔先生产生了浓厚的兴趣。一天，我鼓起勇气邀请他晚饭后去咖啡厅。付过咖啡和利口酒的钱后，我又请他抽上等雪茄，他拒绝了，于是我便抽了起来。我们聊起了戏剧，沉醉于其中。通过这次或之后的谈话，其实我应该发现近20年来杜瓦尔先生没有创作过任何剧本，他的160部剧本都是在他清贫的时候创作的。我认为是生活的机遇所造成的，他却暗示是由于战争。很快这个不愉快就被一笔带过，我们又讨论起其他更加有趣的话题。他跟很多人一起合作写过戏剧，他合作者的名单甚至比英国乡间舞会的女赞助者的名单还要长，没有哪一个文学沙龙没留下他用餐的身影。如果说他是在自己与世隔绝的小屋中写下了这些戏剧，我就不会像现在这样这么惊奇。他所提到的那些神秘的合作者的会议、约会、讨论、著名的客人，让我觉得非常惊讶，同时又对他无比崇敬。他还提到了各种各样的逸事。杜瓦尔先生曾经和大仲马先生一起合作写过一个独幕剧，这个剧本曾被法国人拒绝，之后又被很多地方拒绝过，但最终游艺场接受了它，但要进行一些修改。杜瓦尔先生说："一天下午，我把剧本给改好了，然后就给大仲马写信告诉了这些情况。你猜怎么了？他竟然回信说他不同意，因为他的儿子正在吉姆雷斯上演一个五幕剧。"他还用幽默的词语告诉我戈蒂耶是如何写出星期天连载的小说的，戈蒂耶和巴尔扎克是如何差一点对打起来的。他们曾经在一起合作过，巴尔扎克编剧情，戈蒂耶写对话。一天早上，巴尔扎克拿着写好的第一幕的剧情来找戈蒂耶："戈蒂耶，这就是第一幕的剧情，你能在明天下午完成吗？"于是老戈蒂耶就得努力工作，直到深夜。之后，我就陪着他回到位于蒙特马特区的房子，那个房间在15层楼上。在两幅可能出自安吉莉卡·考夫曼之手的画中间，杜瓦尔先生已经写了20年的戏剧，而这些戏剧都没有演出过。今后他也将继续写下去，直至上帝召唤他进入另一个世界，也许是一个清唱剧的世界。

那时我是多么沉醉于这些谈话呀！我记得在这位老绅士道过晚安后，我常常会站在阳台上，后悔没有多问一些斯克里布先生对于想象中的浪漫运动的解释，后悔没有多问一些他解决问题的方法。

我为什么不写一部喜剧呢？可以把马歇尔作为剧中的英雄，而把爱丽丝作为剧中的女主人公，在他们身边环绕着我所提到的那些老绅士，还有那个只有在没有多少陌生人在场的情况下才抽烟的意大利女伯爵。他们会提供所需的讽刺或喜剧因素。经过某种混合之后，这些成分开始慢慢地综合成类似情节的东西。但是，把这些情节表达到纸上却是困难的。《该隐》《曼弗雷德》和《参孙》曾被作为诗来读，而却没想到如何把对话表达在纸上；此外，它们都是无韵诗，而散文化的对话看起来是很不同的。由于没有内在的需要驱使着我去阅读莎士比亚，我就没有读他的作品。因为他过度响亮的名字，我到现在也没有读过他的作品，却以看杂要代替，同时钟情于欣赏戏剧。虽然如此，戏剧并没有驱使我去看表述在纸上的对白。从我处的位置上，可以看到提词人抄本的一角；窥视一下抄本，我就明白了戏剧创作的秘密。但是，要想找出提词人熟悉的部分，则意味着漫长的拖延。为了缩短时间，我亲自前往加利尼亚尼图书馆去寻找一本对我有帮助的书。在研究了一个月康格里夫、威彻利[1]、范布勒[2]的作品后，马歇尔想让自己的一个情妇嫁给一个朋友的企图被编成三幕剧本。这个喜剧被命名为《老于世故》。我的仆人喜欢它，从中看到了自己回伦敦的方法。我的仆人想着在骑士桥的太阳音乐宫等着他的愉快夜晚，我自己则想着在奥林匹克剧院、环球剧院或快乐剧院排演我的戏。这并不重要，我的喜剧会适合任何西方剧院。

1 威廉·威彻利（1641—1715），英国剧作家，王政复辟时期喜剧代表作家之一，著有喜剧《乡下女人》《直爽人》等，讽刺当时庸俗、自私和虚伪的社会风气。

2 约翰·范布勒（1664—1726），英国戏剧家、建筑师，著有《故态重萌》《恼怒的妻子》等。

第四章

朋友（三）

我发现，要在奥林匹克剧院通过剧院检票人往往是很困难的，而若在他身上发现一个有竞争性的戏剧家则会使人倍感失望。一个抄写剧本的人，像我这样的人，同时也是一个作家，在等着进剧院的过程中，我从他那里了解到，我最好用红墨水抄写剧本和舞台提示。他愿意为我希望纳维尔先生读的剧本做这些事情；他为我朋友的一部剧本做了同样的事，我的朋友名叫迪克·曼塞尔，如果他不在圣詹姆斯剧院上演奥芬巴赫的作品《叹息桥》，他就会上演这部剧本的。

我们在圣詹姆斯剧院的幕后相处得很开心。这种状况一直持续到资助者不再愿意出任何钱，剧院不得不倒闭，而我又一心向往巴黎之时。得知这个消息，我急忙回去，几乎难以忍受和马歇尔仅仅几个小时的分离。

“马歇尔先生在家吗?”“马歇尔先生几个月前就已经离开这里了。”“你知道他的住址吗?”“我要问问我的丈夫。”“你知道马歇尔先生的住址吗?”“哦，他搬到杜埃街住了。”“几号呀?”“我想是45号。”“谢谢。”“车夫，醒醒。送我到杜埃街。”

但是，我没在杜埃街找到马歇尔，他也没留下任何住址。我无计可施，只好到画室，在那里说不准可以得到他的消息，或许还能看到他。但当我拉开窗帘时，那熟悉的瘦小身躯并没有映入我的眼帘，只有一个穿着蓝围裙的老妇人在把一堆剩下的垃圾包起来。“这位先生今天不在。这家画室已经关闭，我正在打扫。”“哦，在哪里可以找到朱利安先生?”“我不知道，先生。也许在咖啡馆，也许他已经到乡下去了。”这个消息不太让人兴奋，现在，我的情绪已经是彻底沮丧了。我漫步在大街上，看着那些摆满橱窗的扇子、环饰、小而廉价的装饰品。我们的咖啡馆在香榭丽舍大街一个左边的角落里。当我走近的时候，侍者正在移动其中的一张锡桌，随后我看到了胖胖的普罗旺萨尔。但他就好像昨天还看见过我一样，他说:“你！是你！来半杯咖啡？好的……侍者，来半杯咖啡。”话题随后转到马歇尔身上，最近，他们都很少看到他。“可能又陷入爱情了。”朱利安讽刺地回答。从他那里，我知道爱丽丝·霍华德已经成为巴黎交际花的新星柯拉·佩尔的对手，现在住在杜弗大街。

“14号。”朱利安在我身后大喊。几分钟后，我在一所堆满沙发、扶手椅、镜子以及巨大的镀金檐板的大公寓中发现了马歇尔。他正躺在用精致的亚麻布做成的最适宜的地方——一张路易十五时期的大床上，他上面挂着丘比特像。“嘿！你回来啦，乔治·摩尔？我们想不会再看到你了。”

"现在快一点钟了，起来吧。有什么消息?"

"今天是印象派画家画展的开幕日。我们在附近吃早饭，在杜朗饭店，然后去看画展。我听说会场一点也不乱。在房间的尽头有一幅20平方英尺[1]大、上了三种色彩的画布：淡黄代表阳光，棕色代表阴影，剩下的全是天蓝色。有人告诉我有一个女士在前台和一只环尾猴一起散步，据说，那只猴子的尾巴有3码长。"

我们开始嘲讽那些愿意失去世上所有的快乐，而寄希望于实现一种新的唯美主义的狂热分子；我们开始粗野地谈论专利皮鞋以及鲜亮的儿童手套，并且用上了在学校里学来的所有行话。总而言之，就是所有文学杂志都喜欢说的那种艺术教育教给我们的语言。我们沉迷于哈哈大笑，夸张，希望给予别人尽可能多的痛苦，我们知道自己的灵魂在堕落——至少我是这样。

在这个世纪初，法国艺术的传统——由布歇[2]、弗拉戈纳尔[3]、华托开创的传统——完全丧失了，这一传统产生的天才，他们的艺术过时了。安格尔是继宫廷艺术和闺房艺术之后的古典艺术的卓越之花，没有人能超过他的成就，但他的艺术过时

1　1英尺约为0.3米，后句中1码约为0.9米。

2　弗朗索瓦·布歇（1703—1770），法国洛可可风格代表画家，作品色调精细优美，多绘牧歌、神话题材的装饰画，代表作有《维纳斯之胜利》《早餐》等。

3　奥诺雷·弗拉戈纳尔（1732—1806），法国画家，原坚持洛可可风格，后期倾向于新古典主义，绘有油画550余幅，素描数千幅，代表作有《一个老人的头像》《洗衣妇》《秋千》等。

了。之后透纳[1]和康斯特布尔[2]来到法国，他们造就了特鲁瓦永，特鲁瓦永造就了米勒、库尔贝、柯罗和卢梭，而这些人又造就了德加、毕沙罗、摩里索夫人[3]和纪尧姆。德加是安格尔的学生，他在跟随老师学习时，对描述现实生活中温情的一面有不可思议的敏锐性。德加不以人物的数量取胜，但他注意人物的特征；他的人物原型是售货员、巴黎舞蹈演员和洗衣女工，但他却赋予他们不朽的内在品质，那种使他们和莱奥纳多·达·芬奇画中的少女和圣人一样永恒的品质。你可以看到一个披着长斗篷的肥胖、粗俗的女人在防水玻璃前试戴一顶帽子。她脸部的线条被描绘得如此精细，你甚至可以准确地说出她生活的情况，你可以知道她的房间里有什么样的家具，你可以知道她如果和你说话会说些什么。她就是19世纪的典型女性，就好像弗拉戈纳尔画中的路易十五宫廷中的女人一般。在右边，你可以看到一幅画，画着两个手里拿着帽子的女售货员。她们头和手的习惯性动作被描绘得如此精确，你可以立刻知道这些

1 威廉·透纳（1775—1851），英国风景画画家，擅长水彩画，融合油画与水彩技法，追求光与色的效果，代表作有《运输船的遇难》《雨、蒸汽和速度》等。

2 约翰·康斯特布尔（1776—1837），英国风景画画家，追求真实再现英国农村的自然景色，对后来法国风景画的革新有很大影响，代表作有《白马》《干草车》《斯托尔小景》等。

3 贝尔特·摩里索（1841—1895），法国印象派女画家，曾师从柯罗，后与马奈结识，其创作将柯罗和马奈的艺术熔于一炉，代表作有《诺曼底的茅草屋》《阳台上》《摇篮》等。

帽子流行的年代和这些女人生活中所说的谦恭语言。我们知道德加以前画过这样的画——重复这种人们熟悉的表述是受欢迎的，但是，直到我们转而去看那尊裸体人像，我们才发现伟大的艺术家表现出了自己天才的新层面。首先，画中女人采取了一种使人想起跪着的维纳斯的角度，正在锡缸里洗她的大腿；其次，从背影可以看出这是一个因为生育和辛苦劳作，体形完全变了的40岁女人，她站着，用两手抱住双腿。现代艺术中是不可能有这种裸体女人的，它要求德加的天才将新生活融入旧主题。犬儒主义是中世纪最主要的修辞方式，利用犬儒主义，德加再次使裸体成为一种艺术可能性。霍斯利先生或英国主妇会说这很难猜测。或许德加先生描绘的可怕场景会比弗雷德里克·莱顿先生被他们所谴责的色情更让他们恐惧。但是，尽管如此，可以肯定的是，这个壮大、肥硕的矮个子女人（这个卑微的、令人同情的女人，在粗笨的双肩上随意套了一件无袖衬衣）是艺术的一个胜利。丑陋是微不足道的，畸形才是可怕的。当委拉斯开兹画侏儒时，他知道这一点。

毕沙罗描绘了一群在果园拾苹果的少女——忧愁的灰色和紫罗兰色和谐一致。这些人物犹如在梦中游动：我们就在生活的那一边，在一个气氛安静、渴望快乐的世界。那些苹果永远不会从枝头掉落，那些弯腰的少女想要装满苹果的篮子永远不会被装满，那个果园是生活中从来没有的宁静果园，画家把这种宁静融入了紫罗兰色和灰色的永恒之梦。

摩里索夫人表现的是一系列微妙的幻想。这里是两个年轻姑娘，甜蜜的气氛犹如给她们蒙上了一层轻纱，她们都青春年少，充满无限的梦想，她们的时光在消逝，她们的思绪伴随着花间的白色蝴蝶在飞舞。这幅画也记录下了狂热者的情绪：这些是多么美好的幻想啊！——柳木制品、阳台、果园和露台。

随后，与这些远距离的优雅构成对照的是纪尧姆生机盎然的画。这里的生活充满着强烈的、色彩斑斓的生机。女人们在公园垂钓，天空是紫罗兰色的，还有渐渐淡化的树木的绿色，这是一幅杰作。自然犹如坟墓一样包围着她们；山坡——落日将天空染成黄色，为地面铺上蓝色阴影——这幅画终有一天会在公共画廊里找到一个位置。那幅以擦光印花布为背景的女人肖像也是这样。

然后我们站在莫奈的画前惊叫起来，我们只能发出粗鄙的嘲笑和惊叫："他为什么画这些东西？他肯定已经看出这是荒唐的。我想知道印象派画家是认真的，还是在恶作剧。"他是对金色光线最敏感的画家。我们站在《火鸡》这幅画前认真地思考起来，我们想知道它是否是"认真的作品"——那种杰作。火鸡觅食的茂密草丛中弥漫着急促、强烈的阳光，一瞬间使人以为是幻觉。"看看这所房子！为什么？火鸡怎么不能走到门口？这种透视完全错了。"随后就是关于教育类型的谈论。当我们走到同一个画家所画的火车站的极端个人性的景象时——那种钢和蒸汽快速移动的感觉——我们更是笑得上气不接下气了。"我说，马歇尔，看看这个车轮。他把画笔蘸满锦黄然后搅动，仅此而已。”我们也不理解雷诺阿丰富的色调感觉，不理解他为什么不用阴影，而我们都喜欢用，他是怎么掌握这一技巧的呢？你在他画中看到的光与色就同你在自然界中看到的一样，这就回答了孩子对一幅肖像的批评——“为什么另一半脸是黑的？”有一幅女孩的半身裸体像，圆润的、刚刚发育的胸部在光线中颤动！如此美丽圣洁的白色光线以前从未有人表现过。但我们除了看到她的眼睛在画外，其他什么都感觉不到。

因为当时艺术对我们而言并不像现在一样——一种纯粹的情绪，仅仅根据它的强度判断对错：我们相信艺术的法则、透视、解剖学，我们在朱利安的画室里找到了这一切。

一年过去了，是艺术之年，也是荒废的一年——三分之一是为了艺术，三分之二浪费了。我们在社会的圆形阶梯上尽情地上上下下。这天夜晚，我们可能会在快乐街的康斯坦丁度过，与盗贼和入室抢劫者为伍。第二天晚上，我们正和公爵夫人或公主在香榭丽舍共进晚餐。我们为自己的多才多艺倍感骄傲，我们既熟悉击剑大厅的技巧，又能胜任文学沙龙的语言，一会儿出现在这家，一会儿出现在那家。我们为自己的杰出才干愉悦不已，常常窃窃私语：“我发誓，公主殿下如果现在看见我们，她会不相信自己的眼睛。”然后，我们用可怕的俚语对那晚即将被运用的“抄袭”大喊一句“祝福”。在离开快乐街的时候，我们感到非常激动，回到家穿上礼服，将我们打扮成社会精英，能在所有的场合都随心所欲，能完美地跳出各种风格的华尔兹，并且避免和不该做爱的女人上床。

但在社会阶梯中上下沉浮的兴奋并不能阻挡我们对艺术的渴望。大约就在这时候，在我们的生活中出现了一个非常有决定性的事件。马歇尔持续而的确狂热的激情猛地到达了终点，钱方面的拮据迫使他把注意力转向在瓷器上画画，以维持生计。因为这个年轻人总是寻求极端，他去了贝尔维尔，穿着女式宽大短外套，就着大蒜吃东西，做工匠在当地定居生活。我曾经去看过他，发现他正在砌一堵墙。那天晚上，我很难过地在维龙咖啡馆把他的情况给朱利安讲了。他顿了顿说："你既然宣称与他有深厚的友谊，为什么你不帮他一下？这会令他铭记于心，并且永世不忘。为什么你不把他从你描述的那种生活中救出来？即使你并没那么富有，至少也生活在宽松的环境，能给他提供一个月300法郎的生活费。我会让他使用我的画室，这意味着，你知道，为他提供模特儿和指导。马歇尔极具天赋，他所需要的就是接受一年的教育：在一年或者一年半后，可以肯定在第二年年尾，他就会开始赚钱了。"

对一个只关心自己的天才，现在则被要求做另一个人的保育器的人来说，这会使他大吃一惊。当时300法郎可是一个大数目，它显然意味着要剥夺对一个精细、唯美的人非常必要的那些肤浅的享受。朱利安观察着我。这个老奸巨猾的南方人知道我内心正在想什么，他知道我正意识到所有五花八门的不便之处——照顾马歇尔两年生活所需的责任。为了使事情更顺利进行，他接着说：

“如果每月300法郎对你的钱包来说负担过重，你可以租套房子，让马歇尔来和你同住。你有一天曾告诉过我，你厌倦了旅馆生活。你和他住在一起很有好处。你希望自己能做一点事情，而他必须参加画室的工作这一事实（因为我应建议你和他达成严格的协议，规定他要做什么工作）会愈加刺激你努力工作。”

我总是立刻做出决定，深思熟虑也帮不了我。过了片刻我便说：“很好，朱利安，我愿意。”

第二天，我就带着这个消息去了贝尔维尔。马歇尔却表示反对，说自己没有真正的天赋，我却认为他有。在争论中我们达成一致意见。他在画室一天工作八小时，他要一直画，直到勒菲弗尔让他正式画画为止。为了证明他的勤劳，他每周末给我一幅生活习作和构图，以及每周老师布置的命题作品。作为回报，我找一间离画室很近的公寓，给他提供住处和食物等。似乎他为了让相信自己的认真，开始表现出惊人的能力，三天后他告诉我他在全景画廊找到一所十分适合我们的公寓。这个消息并不完全令人满意，但他已深陷其中。我付了旅馆的账，带着沉默寡言的仆人去太阳音乐宫度过愉快的夜晚。

有一扇窗户不朝向天空，而是朝向不洁净的玻璃屋顶，我很不满意。每天早晨七点起床也让我感到不舒服。我们每天工作十小时，努力向最理想的目标坚定地前进。但我们发誓为艺术放弃所有的乐趣——莫伯日大街的餐桌、爱丽舍宫的法国和外国公爵、快乐街的小偷。

我和马歇尔为获得艺术领域的最高权威进行了一场比赛，就像早已说过的，我资格不够，当然能力也不足。像我这样的头脑对一切冲动都极其敏感，又没有道德信仰的支撑，在这样不公平和残酷的条件下进行竞争所遭受的巨大痛苦是可以理解的。这实际上是大悲大喜的一年。若失败来得又快又急，痛苦会更大，但若痛苦就像深渊中的钟摆一样降临，失败所产生的痛苦就很难用言语来表达。我记得自己痛苦的第一天。时钟指向八点，我们选好地方，占好位置。一个小时后，我把自己的画和马歇尔的做了比较。显然，他比我更好地抓住了人物的特征和动作，但他作品中的人物和性质是悲惨的，我却不是这样。我已经说过我没有多少艺术技巧，但我不是说才能。我的画从不普通。它体现的都是我个人的感受，是优美的。我拥有一切罕见的技能，但不是那种若没有就一切都毫无价值的东西——我指的是那种一个男孩能用粉笔很快画出校长的漫画像，或在仓库大门上画出马的逼真素描的能力。

在随后的一个星期内，马歇尔取得了很大进步；我总是认为模特儿不适合我，希望下次能有好运气。可这一天始终没有到来。第一个月月末，只剩下我在远方继续无望地努力。马歇尔的思想虽然简单，但很清晰，他能非常容易理解人们告诉他的一切东西，而且能把教授灌输的方法立刻运用到实践中去。实际上他显示了非凡的学习能力：丢掉的很少，吸收（用其现代的意思，而非传统的意思）的很多。他表现了强烈的学习愿望，接受他人的想法和感觉对他来说，就像瓶口被突然降到河面以下，水被灌进瓶内一样。他是一个理想的学生。马歇尔一会儿在这儿，一会儿在那儿，画室很快变得小了，但人们对他和他的作品的赞扬使他很激动，然后他就急于想方设法获得更大的成就。我持续努力了九个月。我从早上八点就在画室，构思着我的画，探究它的各个方面，注意从各个侧面画素描，把普通人作为模特儿。早餐时我想着下午该如何工作，晚上我躺在床上想着如何能取得更好的成绩。但我的努力一无所获，就像一个人摔了一跤，伸出手臂请求帮助一样。无精打采和无力的渴望多么可怕呀！多么令人疲倦！它们在我心中留下了多么痛苦的空虚感！这一切我一直忍受着，直到无法实现的渴望的重担压得我喘不过气来。

我放下笔说："我不再涂涂画画了。"我遵守了我的誓约。

放弃画画给我带来了轻松，但是我的生活就像没有船只航行的大海那样孤寂。"我该做什么呢？"我自问，我的心没有立刻回答这个问题。我想靠读书打发时光，但距离画室太近，不可能坐在家里静心读书，所有失败的回忆仍在我心中回响。马歇尔的成功不停地被人称颂。每一天，几乎是每时每刻我都能听人说他会得到奖章，听到勒菲弗尔这星期对他的画的评价，听到保朗格先生对他才能的看法。我不想为我的行为申辩，但我禁不住要说的是：马歇尔既没有向我表示理解，也没有表示同情，他甚至不理解我正在承受痛苦——我的神经受到极大震动，他还当着我的面残忍地夸耀自己优越——他漂亮的外表、他的才能、他的声望。我当时不知道这些画室里的成功实际上并无多大意义。

虚荣心？不，使我恼火的不是他的虚荣心，对我来说虚荣心并不令人不愉快，有些时候还有不可思议的吸引力。但他在生活细节上的某些固执和咄咄逼人让我觉得自己目前只是暂时的媒介，是提供服务的工具，很快就会被丢弃和忽略。这是不能容忍的。我按原先的约定坚持了十个月后，就带着早就整理好的皮箱离开了。我这样做给我的朋友带来了严重而残酷的困难：我的行为危及他将来的前途。这是懦夫的行为，但他的存在变得越来越让人无法忍受，对，我完全同意用这个词，我在摆脱他时，我就觉得一个悲惨世界正离我而去。

第五章
女人和书

在一个美丽的海滩胜地度过了三个月后——许多悠闲的男人和许多丈夫在外的女人在这里快乐相聚——我振作精神又回到了巴黎。

马歇尔和我之间不再有协定，但我每天都能看到他，他穿着一件新外套，头发非常适合他的形象，穿过全景画廊里的旧风扇和黑玉色装饰品。他的大衣引起了我的注意，我想如果我没和他绝交，我就能问他一些关于大衣的实质性问题。在这些生活琐事中我们建立了真挚的友谊。我需要他，正如他需要我，在一系列争议后我们和解了。

之后，我在杜尔公爵夫人街上的一所老房子里找了一套公寓，从窗口向外眺望，可以看到一个有点杂乱的花园，里面摆着一些残破不堪的雕像。当然，布置房间是马歇尔的事，他在一幅表明是高级妓女和不入流的艺术家合作的画上浪费了很多时间。无论如何，我们的沙龙是个漂亮的地方——设计得赏心悦目的印花棉布——葡萄叶，深绿色和金黄色的，被忙碌的农民剪下来。墙上贴满了彩色布，座椅和床都与之相配。客厅呈深红色。在另一个房间里，你会面对一个祭坛、一尊佛龛、一座阿波罗雕像和一尊雪莱的半身像。卧室破例由有褥垫的椅子和鲜艳的罩子组成。在如画的墙角放有香炉，有教堂用的精致的烛台和棕榈树。然后，想到燃烧的香料和蜡烛的味道，你可以想象到我们在杜尔公爵夫人街的那家公寓的感觉。我买了一只波斯猫和一个月吃一次几内亚猪肉的巨蟒，而不喜欢宠物的马歇尔，则用鲜花塞满了他的房间——他过去常常在一棵栀子树的树荫下睡觉。我们——亨利·马歇尔和乔治·摩尔，当我们住在杜尔公爵夫人街76号时，就是这样，我们希望一起度过余生。他画画，我写作。

在去海边之前，我买了几本雨果和缪塞的书；但在令人愉快的、充满阳光的布伦市，诗歌变得平淡无味，我直到搬进新房子才开始认真读。书就像一个人一样。你立刻知道它们是否会在感觉中创造一种感觉，使你兴奋，使你的血液和头脑疯狂，或者仅仅给你不感兴趣或易怒的感觉，像是内心甜蜜温柔的冥想被窗外吹入的一阵风打扰而感到不愉快一样。爱有许多原因，但我承认我只爱女人或书，尤其是当它如同良知的声音，一种以前从未听过而突然听到的声音，一种我立刻觉得与它亲密无间的声音。这宣告了妇女在我感情中的堕落。我是柔弱的、病态的、邪恶的。但首先是邪恶的。几乎所有邪恶的事情都使我感兴趣，使我迷醉。如果那伟大严肃的思想，冷漠得像坎伯兰的天气一样的思想可以称得上简单的话，那华兹华斯就是唯一一个我爱过的头脑简单的男人。但雨果不是邪恶的，甚至不是个人的。读他的书就像在教堂里听一个声音尖利的牧师，在亮得吓人的布道坛上大声高呼："东方——"一个有纸板画、锡制短剑和在皇家宫殿担任巡逻任务的土耳其军队的东方……诗是庄严的、高尚的、非凡的，我喜欢它，我钦佩它，但它没有——我再说一遍——唤醒我内心良知的声音。甚至诗的结构就像公共建筑一样，使我难以满意。至于《秋叶集》和《暮歌集》，我什么也没记住。读《历代传说》时，我读了10行或50行，我认为这是我所读过的最伟大的诗，但读过几页以后，这本书就被我放在一边，忘了。雨果写的诗比任何人都多，但你只能服最小的剂量；如果你向咖啡桌对面的朋友复述任何一段，你都会被意象的辉煌以及音节的轰鸣惊呆。

> 什么上帝，什么永恒的夏天的收割者，
> 曾不经意地扔掉了
> 这把金色的镰刀在星星的田野上。

但我在通读雨果的一卷诗时，总会想到雨果的天才更为德国化而非法国化。这可能就是他的一首诗比一卷诗好、一节诗总是比一首诗好的原因。单独的一行诗最好：

月光沐浴着蓝色的苍穹。

这句诗没用一个“like”或者“as”，只是纯粹描述事实，不只画面，连印象都产生了。包含着“泰勒斯的狂欢”这句话的诗是对中世纪生活的精彩描绘，但我们从来没有人真正欣赏它，只有报纸引用了它。他的人道主义尤其德国化，他对上帝的态度也是这样。他挽着上帝之手周游宇宙——这是两个不朽者，这是真的，但在这两个雨果中，雨果更喜欢自己。他对孩子的喜爱可能更使人无法忍受，因为他一方面说他们天真无知，同时又好奇地观察着他们，一旦歌停人散，他就把他们引到路边。

第一次读到《亡灵之唇》时，我感到惊讶，第二遍或第三遍重复读也没使我的情绪发生变化；迟早要不可避免地相信，在“黎明中的两根玫瑰般的手指”中的荷马的笑，虽然大约3000年前就有了，但感觉更年轻、更真实、更美丽。荷马的笑永远也不会变老。《亡灵之唇》第一次被提到时是陈旧的，并且可以看作是雨果天才的诞生地和坟墓。

大约就在这个时候，我常常从马歇尔和侯爵夫人那儿听说缪塞的事，因为他们习惯读他的作品。在休息的时候，他们就标出自己喜欢的段落，并且极力向我推荐他。但他的诗没多大进步。他的现代主义与我的渴望不和谐，它们没有给我带来我仍然非常喜欢的、出乎意料的词和表达的怪异，我只从中发现了天生只能写散文的男人笨拙的诗体。语法的错误，如果不是出现在普通的地方，是可以原谅的；但普通的、自然的错误历来都是可恨的。每次读到《罗拉》开头几行，我都会产生一种不知羞耻的快感，在某种程度上，这是辉煌的情绪爆发。我现在只记得其中两首可恶的——《脚踝：走路和呼吸》和《苦涩浪花的女儿阿斯塔特》；amère押mère韵这个事实也无法使人原谅其恶，尽管这证明即使缪塞也意识到了，也许丰富的押韵可能会把可以容忍的变成无法容忍的。值得称许的是，西班牙情歌丝毫无法打动我，直到我读了那首华丽怪诞的诗《月之歌》，我才被深深吸引，伏地膜拜，承认了缪塞是诗人。

我仍带着狂喜阅读和谈论雪莱——他依然是我的“帆船”，但这艘由珍珠母装点的船，阳光照耀着它的船舵，月光映着它的船帆，突然之间撞到了一片暗礁，船沉了，不是脱离了视线，而是脱离了现实生活的骚扰。这暗礁就是戈蒂耶。在我厌倦了精神激情时，我就读《莫班小姐》，显而易见的狂喜立刻征服了我，使我迷恋。对这个世界的明显嘲讽，例证了受伤害的圣人和受折磨的救世主，开创新信仰的希望和对事物的新乐趣，以及对所有构成人类共性的一部分东西的反叛。雪莱的指导一直是把灵魂梦想为一颗星，同时也接受肉体，并且就这样坚持我们的理想；但是现在，我突然看见——非常愉快和陶醉地明确和相信——通过毫不羞耻地注视和用爱接受情欲，我可能将它提高到灵魂神灯这样高的地位。年龄就像一个光环，我站住了，好像在古神高贵的裸体面前深深迷醉了。它不是这个世界仍然维持着的性赤裸，而是纯洁的异教徒的裸体——生命和美丽的爱，一个男孩宽广、清晰的胸膛，长长的侧腰，头转向背面。我和我的主人一起叫起来：维纳斯大胆无畏的凝视比圣母玛利亚的俯视更可爱，血液在基督被钉上十字架的地方流动，这是对一个降生到不属于自己的世界上的生命的崇高证明。

我不会再翻书找确切的词语——十年来我从来没有读到过一个成为我自身难以表达的一部分的词——但像莫班小姐一样，避免知道爱的真相可能只能见到一次。

没有人比我更钟爱神秘和梦幻的东西了。迄今为止，我的生活还只仅仅是这样一幅景象：云雾笼罩和萦绕之中，时而隐现出红色的奇花或是白雪覆盖的高耸山峰，在清冷的月光中显现出仙女般梦幻的色彩。而现在，我的变化是如此之大——我古老的理想充斥了更多的野蛮和暴行，越是野蛮越是激烈我就越兴奋。我几乎毫无惧意地阅读着这些东西："我梦想着一个裸体青年沿着山路骑着白马而来；在我的梦里没有任何云，即使有，它们也是从朱庇特雕像上掉下的碎块上切下来的。"

在我早年的生活中，雪莱帮助我抛弃了所有的基督教信仰。他用理性代替了信仰；我至今还在痛苦，但不需要继续痛苦了。我有了一种宣称肉体神圣的信仰；很长时间以来，我最关注的就是在纯粹异教的基础上重建我的生活理论。浪漫的丛林里耸立的城堡和倚靠在马颈上紧贴着脸的恋人们使人着迷。关于《皆大欢喜》演出情况的描写，也同样使我迷醉。在这次描写中，鲁道夫看见莫班小姐第一次穿上女人的盛装，而如果她是一个男人，她的美丽就十分危险了，因此在对她无可比拟的女人的可爱特点的赞美和狂喜中，她的美丽反而被忽略了。

但是，如果《莫班小姐》是一座最高峰，它就不可能是整座山。山是绵延不绝的，每一座高峰都是一处令人兴奋的新景象。有许许多多的传说——每一个传说都像这个世界曾见过的那样完美，如《多情的女尸》《耶塔图拉》《克利奥帕特拉之夜》等，其中王冠上的璀璨钻石是《珐琅与雕玉》，其中形容词“白色”（blance）和“白种女人”（blanche）在每首诗中反复出现，极其恰当。

但他只是换位思考，
　而且，从形式到声音，
在他的蜕变中发现
　女孩和男孩。

变调——这个词从未在音乐领域之外被使用过，然而现在它第一次被运用于文字作品里，这种极具美感的用法可能连菲狄亚斯都会感到自豪的。我引用这个例子可能并不十分正确；但我对这一节记忆最深刻，这一节在这里的意义远比这一节诗本身要重要得多。另外，其他的还有如《鸽子》《罗密欧与朱丽叶》以及以“阳台”结尾的那优美的节奏。虽然小说家常常喜欢表现爱是如何给生活带来不幸、失望、死亡以及毁灭的，但是我知道没有一部小说能让人偶然一读就产生善或恶的影响，这些结果之间的联系是如此难以理解，如此富有戏剧性。我从不再打开这些书，但即使我活上一千年，它们在我灵魂中的力量也是不可动摇的。我就是它们塑造出来的。对人性的信仰，对贫穷的同情，对不公正的憎恨，雪莱给予我的所有这一切都不是多么深刻或真实，但我热爱这些，我相信这些。然而，戈蒂耶打破了这些幻想。他让我知道我们所吹嘘的进步只不过是引诱老鼠的陷阱，我理解到形式的正确才是最高的理想，我接受了明白、简单的异教世界的良知，并把它作为解决长期以来一直困扰我的问题的完美方法。我大声呼喊：别了，所有的这一切，贪欲、残酷、奴性，我会在罗马竞技场垂下我的手指，可能会有上百个角斗士死在那里，并用他们的鲜血洗净我的基督徒灵魂。

对波德莱尔的研究加快了病情发展的过程。这不再是戈蒂耶野蛮的大脸，而是和尚或牧师的刮得光洁的脸，是愤世嫉俗的浪子那冷漠的眼眸和尖酸的嘲笑，这样的人受到诱惑说，他更知道诱惑的价值。“《恶之花》！”美丽的花，庄严的堕落之美。多么伟大的记录呀！如果真有地狱的话，我们会发现有多少灵魂缠绕在你有毒的花间！乡村少女去找自己的浮士德，19世纪的孩子们选择了你，噢，波德莱尔，品尝了你那可怕的快乐，所有忏悔的愿望都化为乌有。花呀，傲然枯萎的花呀，我把你贴上我的唇；这些北方的荒凉之地，与我采摘你们的巴黎恶之花园远隔万里，你们也无处不在，甚至就像海里的贝壳和照射着这荒凉之地的日落——激发出神奇美妙之诗的日落。

在一个粉色和神秘蓝色的夜晚，
我们将要交换唯一的闪电
如同长长的抽泣声，充满了告别的意味。

几个月来，我一直在欣赏1830年的热情催生的这种疯狂的、神经质的文学作品。《夜之幽灵》描述了阴郁、贫瘠的画面，或是《不道德的故事》中精心描绘的犯罪，用心创造的一些毫无生气的东西，只有一些机械的情节、可怜的世俗的形象，只要一合上书，它们就马上全变成了灰尘，在这些灰尘中，只有可怕的摆渡人和不幸的多拉这两个人物还能让人记起。《波特法夫人》花了我40法郎，而我只读了几页就再也不读了。

就像挂着鱼饵的尖钩，我沿着巴黎的码头和每一条有拱廊的走道，寻找着法国年轻人的作品。一个作家（他很年轻时就死了，但是他的长发和红背心让人记住了他）的唯一一部作品是我一直努力在找的东西。最终我在一家书店看到了它，我用颤抖的声音问价钱，卖书的男人紧盯着看了我一会儿，回答：

“150法郎。”

毫无疑问，这是一大笔钱，但我还是买下了它，并迫不及待地带回家去看，只希望它不像以前的许多次那样让我失望。我曾经阅读了许多无益的书，但是这一本（我久仰其大名）仍旧是空洞无物的。“没有新奇的词语，也没有任何形式的愤恨，甚至没有新的亵渎；它对我毫无意义，”我说，“只不过意味着150法郎而已。”

这本粗糙的、我曾孜孜以求的书让我大失所望，它简直可以说是1830年最差的一部文学作品——我回到了表面，开始在我的同代人中寻找值得一读的东西。

我以前曾表述过我喜恶的本性，以及我对声音甚至报纸上出现的名字都很敏感。一个名字，勒孔特·德·利尔，从一开始就让我反感，其实我在买来《古风集》和《异邦诗集》读时，就已经感到感情受到了刻意的伤害；我并没有被什么欺骗，我找到了我想找的一切——陈旧的虚无。勒孔特·德·利尔给我留下的印象就好像是平稳而温和地穿过法庭。当我最近一次在巴黎遇到他时，他的头——正义的宣扬者，热罗姆的恺撒和一个外省城镇的大主教之间的十字架，使我立即本能地产生了反感。雨果常常是浮华的、浅薄的、空洞的、虚假的，但他至少是个艺术家，每当他想到自己是艺术家而忘了自己是预言家时，他诗句的字里行间就充满着辉煌、高雅的气质。好吧，来听听这段：

像树上的松鸦
国王傲然而立；
他的心大理石铸就，
他的肚腹是肉。

我们为他的颈项
和他红润的额头
做了一顶假发，
是用阳光做的。

他统治着，他无所事事，
一个可怕的零；
在他身上投射的是
刽子手的阴影。

他的宝座是坟墓，
而在人行道上，
有东西从上面掉下来
从未被清洗。

但如何将最后一节的第一行变成五个音节，我无法想象。如果我再读到这部作品，我要弄清楚，看看那个残暴的音节征服者是如何做到的。但等一下，他的宝座是坟墓；雨果的“诗行”里，既有诗，也有概括。雨果——一提到法国文学我们就不得不提到他。然而，就以这些话作为结束语吧，他认为，自己啥都说出来，一切都重复说上20遍，也永远不可能排演另一个伟大诗人的作品。雨果最终的愿望是：记者在报纸上引用他的诗时，人们才会读，这乍一听是合理的，因为一件艺术作品的一个基本条件就是罕见；另一个基本条件是：简洁。就一首完整的诗而言，正如我们之前所说，我们所能记住的无非一个诗节，而且还常常只不过记住了诗节中的某一行。

地平线沐浴在蓝色的月光中。

《特蕾莎的舞会》这首诗，我就记住这一行。维利尔斯总是辩解说，任何诗都不应超过一行：

哦，牧羊人啊，西边的赫斯帕勒斯在闪耀。

傍晚甜蜜的空气、悲伤的宁静，都包含在这节诗里。星星闪耀在西方，羔羊奔向母羊，牧羊人带领羊群返家，为什么还要增加诗行？

我记得有一天早晨，就在金星初白西方不久，维利耶告诉跟着他从一家咖啡馆到另一家咖啡馆听他讲故事的人群说，他以钦契为主题创作了一出话剧，根据他的诗学理论，他把整出剧压缩成一句话。“贝亚特丽采，”他甩了一下头发说，“不满足于只杀死自己的父亲，还把父亲的肉炖成了一锅汤。”这锅汤在庆祝谋杀成功的大型宴会上，被客人们传递着分喝了。就是在悲剧的这个位置插入了以下诗句：

他父亲有一双气泡眼。

有时，维利耶会为自己的单行诗附加上一种道德价值，看这个例子：

矮子丕平已经死了一千一百年。

关于道德：

人死万事休。

但还是回到勒孔特·德·利尔，看看他的《接受论》，还有比这更枯燥乏味的吗？这种修辞：“铜砧上的金虫”；像这种简洁的陈词滥调（提到了现实主义者）：“这种流行病过去了，而天才依然存在。”

泰奥多尔·德·班维尔在我看来好像冻成了冰柱，一个美丽、冰冷的闪耀之星。他没有新的信条要宣布，也没有旧的信条需颠覆；人类生存本身的痛苦并没有触动他，他也没有吟唱出动物之爱或精神激情的倦怠。很久后我才明白，什么叫诗，只要被写得如同戏谑的爱情小调就足够了。班维尔为白色的百合与红色的玫瑰歌唱，对诗人来说，对自然这样的认识、这样的观察就足够了。他唱着歌，用颤音润泽着旋律，富有魔力的颤音让每一首歌都听起来好似梦中的铃声。空气随着这向周边扩散的回响一起颤动着，振奋着双耳，直到最后一个音节到达。诗人从空中降下，歌声在空中回荡，愉悦的韵律一次又一次地碰撞、碰撞。班维尔不是传统意义上的诗人，他是一个游吟诗人。困扰着人类意识的那些痛苦，并没有困扰着他：生存、死亡、爱情都被他视为一种托词。只有歌声是真实的，他始终是抒情诗人，即使是在谈话中，他的机智也像长出翅膀的燕子，飞到明亮的天空。在谈到保罗·亚历克西斯的书《爱的需要》时，他说："您已经找到了一个丑陋到足以让神圣的星星望而却步的标题。"

众所周知，法国诗歌的历史还没有70年。如果说是雨果创造了法国韵律诗，那么就是班维尔打破了对句。雨果或许敢于在形容词与它所修饰的名字之间加上停顿，但直到班维尔写出自己的诗，一行诗中间的停顿才受到慈悲的一击。"她若有所思地纺着白色的羊毛"，节律的停顿在此受到了最后的致命一击。这样的诗句可能在语言形式上比其他诗句更为贴近法语的本质。

沉思被一种类似的四音节副词取代了。她不慌不忙地拉上自己的长筒袜。

我读了法国现代流派的诗——库尔贝、孟戴斯、莱昂·迪克斯、魏尔伦、何塞·玛丽亚·埃雷迪亚、马拉美、里什潘、维利耶·德·利勒-亚当。库尔贝，就像可以想象出来的那样，当他写出那些精美但纯粹艺术化的十四行诗《郁金香》和《百合》时，我才能够欣赏他。后一首诗描述了由匕首、盔甲、珠宝、瓷器装饰的房间，只是到了最后一行，赋予整首诗生机和活力的百合花才出现："高贵而纯洁的百合花啊，就这样黯然凋谢。"但是，我全然忽视了库尔贝在他的现代诗歌里表现出的精细的诗歌感觉，以及他将最普通的主题提高到诗的高度，从而作为自己博得更高名声的一种手段的必然性。我只能恐惧地掉头不读《乳母》和《小店主》这样的诗歌。我不明白怎么有人会去认知我们这个粗俗的时代中那些粗俗的细节。相反，何塞·玛丽亚·埃雷迪亚火焰般的壮丽让我充满了热情——毁灭与建造，树叶、枝干的阴影，深红色的剑，静寂，阿拉伯式的图案。就像一只大铜锅，炼得诗极有韵味。

在闪亮的天空和闪亮的大海之间，
在单调的中午昏昏欲睡的阳光下，
勇士啊，你想到了古老的征服者；
而在温暖平静的夜晚的躁动中，

哄骗着你已经消失的荣耀，城市啊，你酣睡

在棕榈树下，在棕榈树长久的颤动中。

卡蒂勒·孟戴斯，从他的名字就完全可以联想到他的形象：苍白的头发，一张荡妇最喜欢的白净的脸蛋。他会挽着你的手、你的手臂，他靠着你，有口无心地说着令人愉悦的言语，倾诉着令人愉悦的热情，听他的诉说就如品味细腻香醉的黄酒。然而，他所说的一切都是不真实的。他所阅读的书，所编写的剧本，所倾心的爱……他在街上买了一包糖果并品尝起来，但这都是假的。无论是在外貌上，还是在精神上，他都是一个具有高度鉴赏力的艺术家，他就是艺术，他就是沉思本身，或者更甚，他就是冥想的奴仆。穿过花丛，他身心充满了愉悦。他写过优美的诗歌，一如雨果的诗，一如勒孔特·德·利尔的诗，一如班维尔的诗，一如波德莱尔的诗，一如戈蒂耶的诗，一如库尔贝的诗。一生中，他从未写过一行糟糕的诗。但他从未写过一行他同时代的智者不曾写的诗。他曾写过所有种类的诗体，写得都很好。每一代人，每个国家，都有自己的卡蒂勒·孟戴斯。罗伯特·布坎南是我们的，只是在适应过程中，苏格兰的麦片粥被香醇的青梅代替而已。没有比孟戴斯更快乐的谈话者，没有比他的文学作品更成功的，没有比他的批评更流畅而朦胧的。我记得皮加勒广场皎洁的月光，当我们离开咖啡馆时，他会挽着我的手臂，向我阐述雨果或左拉的最新作品，在我听来就好像他是古希腊的诡辩家一样滔滔不绝。这和马拉美的周二之夜构成了明显的对比：几个朋友坐在房中间，桌上放着灯。我在那里没有遇到一个谈话让我受益的人，但我欣赏他的诗，当然不包括他早期的那些诗。当我认识他的时候，他那本著名的《牧神的午后》已付梓。这是他的第一部象征主义诗集。当我拿到这本书（实际上是一本小册子，里面装帧着奇怪而抽象的插图和漂亮的流苏，十分精美）时，我觉得它写得十分颓废、朦胧。然而就是从那以后，借助于这些晦涩难懂的诗，这本书才为人所接受，作者后来也出版了较为易懂的诗。我肯定，如果我现在读这本书，我会赞赏诗文的许多精彩之处。这本书与作者最近的作品如《里恩齐》《瓦尔基里》一脉相承。但究竟什么是象征主义？通俗地讲，就是与你所要表达的相反。例如，你想说音乐——这是一种新艺术——正在取代旧艺术——这就是诗歌。第一个象征：一个正在举行葬礼的房子，柩衣覆盖住了家具。这幢房子便是诗，诗死了。第二个象征："我们的老魔法书"，魔法书是写在羊皮纸上的书。羊皮纸被用来书写，因此，魔法书是文学的象征。在英格兰，我们曾听无数人说过布朗宁的作品晦涩难懂。与马拉美这种坚定的象征主义者，或最好与他的学生，即将富有诗意的旋律引入渐趋衰退的象征主义潮流的吉尔的十四行诗相比，《红色棉睡帽乡村》就好像孩子在玩耍。因为按照吉尔先生和他的理论"为艺术而写作"，似乎法语的音节能唤起我们对不同色彩的感受，当然还有不同乐器的制作木材质地。元音U与黄颜色十分协调，也同笛声一致。

在这一领域中，阿蒂尔·兰波显然是第一个提出这些令人愉快和信服理论的；但是吉尔先生告诉我们，兰波在许多方面被人误解了，尤其是将元音U的发音与绿色而不是黄色相配。吉尔先生纠正了这个以及其他许多诸如此类的愚蠢的错误，他在自己最新的诗集《天真之歌》中所表达的观点，可以认为是完整而明确的。诗集是敬献给马拉美的。黄金、宝石和毒药之父、之主，以及其他如下作品：六卷本的《梦与血的传奇》，不知有多少卷的《阐释集》，单卷本的《法》。

古斯塔夫·康恩将法语看作小提琴，让自己的感情在其中任意驰骋，演奏出了奇特、敏锐的旋律，虽然没有事先预排，却协调一致。这种和谐我只在匈牙利的狂想曲中感受到过；17个音节的诗歌交织着8个甚至9个男性节奏的诗歌，并在诗歌中间寻求与阴性节奏的奇特的一致——一种甜美、微妙、史诗般的音乐。甜美、微妙和史诗般的音乐；半音符，转调，但不是全音——譬如“记忆啊，要融化喜悦的苦百合”。

倚着大红花，

孔雀在月光下的花冠上跳动，

昏昏欲睡的树枝仿佛在礼拜，

她苍白的脸庞对着垂死的大红花。

她在远处听着简短的音乐，
晴朗的夜色饱含和弦，
疲倦使她的身体沉浸在
纯音乐的芬芳韵律中。

孔雀架起了斗篷式的斜坡。
他注视着地毯，
事物和意义的地毯，
奔向地平线的，是他慵懒的身体上的蛭石饰品，
灵魂中潜藏着
有关故事和香火的模糊欲望。

我嘲笑怪异的用语，但它并没有失去其效果，只是效果让人堕落而已；因为它们在我内心里引发了无名的狂热，培养了我对艺术的奇怪、不正常和不健康的趣味。从此，我急切地拥抱一切苍白无力的思想和欲望。魏尔伦成为我钟爱的诗人。《上流人的节日》中的柱廊，我沉思冥想的教堂，我所追求的淑女从城堡的台阶上款款而下，没有注意到她的小听差，一个小黑人，把她的裙摆托得太高了一些，因而与她的猴子一起看到了她的玉足。“伽蓝节”里点缀着服饰的光彩，白的、黄的、绿的、淡紫的。声音呢？奇怪的女低音。身体呢？不是男人或女人的那种身体，而是神秘的、病态的生物，紧张不安，苍

白，双眼充满了渴望之光，闪烁不定……“一个暧昧的秋天的夜晚”“美人们在我们的怀抱中如痴如醉”……他们轻声低语着“特别的话语，轻言细语”。

戈蒂耶用他的古里拉琴弹唱，赞美肉体而鄙视灵魂；波德莱尔用中世纪的喉舌，唱出对善和真理的不信仰及对生活的憎恨。但是魏尔伦更进一步。对他而言，仇恨与爱一样都是老生常谈，忠诚与不忠诚都一样无理。世界只不过是一个今天穿着18世纪的撑骨裙，明天又戴上光环的木偶。圣处女是一件完美的东西，值得写成诗，但去谈论信仰或不信仰却非常愚蠢；基督在树丛里或心中，这些我们听得太多了，但基督在彩釉玻璃里，在主教的手杖中间，在拉丁语的词尾，却是有趣的诗歌主题。奇怪的是，从所有关于美德、罪恶的理论中得出的结论，似乎比其他任何结论都更微妙、更透彻，这是很让人奇怪的。诗的放任同感情的放纵是一致的。语言的每种自然本能都被损害了，法语韵律本有的单纯音乐性，被尖厉而强烈的虚假音律所取代。其魅力就是某种理想的组织散发的气味，或金色封皮的弥撒书的气味。

帕西法尔打败了女孩们，打败了
她们温柔的喋喋不休和有趣的情欲，
以及对处男肉体的诱惑，让他们
爱上了轻盈的乳房和那温柔的喋喋不休。

他战胜了这个有着微妙心思的美丽女人，

张开她清凉的双臂和兴奋的喉咙，

他已经征服了地狱，他回到了帐篷里，

稚嫩的手臂上戴着沉重的战利品。

用那刺穿至尊者侧翼的长矛，

他治愈了我王，在这里他自己就是王。

也是最圣洁的宝物的祭司。

他穿着金色袍服，热爱荣耀与象征，

还有纯净的花瓶，真正的血液在其中闪耀，

哦，孩子们的声音在穹顶上歌唱。

没有哪首英国十四行诗像这首这样萦绕于耳，其美犹如希腊雕像一样无穷无尽。最后一行里的停顿只是刚开始的小小尝试，但我已开始学会喜爱它了。波德莱尔，甚至坡，都没创作出比这更美的诗。美国和英国没人读坡的作品，坡不为人知，而在这儿，他的艺术是我们艺术生活的组成成分。

奥费伊岛，寂静，埃莱奥诺尔，是装饰着马奈的画和挂毯的公寓习以为常的氛围。斯温伯恩和罗塞蒂是我当时读到的两个英国诗人；而我，作为他们所统治时代的一员，戴上了叮当作响的脚链，拖着一条金链子，出现在各种形式的故事之中，被人称作“午夜的玫瑰”。他们诗歌的典型特点是没有日光：他们的诗中没有街道，没有果园，也没有花园。我的幻想在闺房昏黄的灯光中出现，随着黎明的到来而消失，而这黎明是来唤醒现实意识的。

第六章

30岁的女人

刚过去的一个小时充满着鲜明的蓝色和金黄的强光。现在，黄昏已温柔地照在俯冲的鸟上，只有小小的椭圆构架抓住了飞逝的光束。我走向微型人像。在议员的面孔中——都用多层手绢严密地缠绕着——有一个用红宝石和蓝宝石雕镂的金属框架。这件古代工艺的杰作围绕着一张线条分明、泼辣、摩登而且美丽的脸。

她是一个30岁的女人——不——她是那种30岁的女人。巴尔扎克曾就这个主题写过很多令人钦佩的作品；对此我的记忆尽管持久，但也有些模糊和不确定了，就像我对他的所有记忆一样。但那个奇妙的故事，或者更确切说是研究，使我对这张瘦削的脸的了解变得模糊了。她有一头浓密的披肩长发，被精心地梳理在头顶上。不必担心抄袭，巴尔扎克无法言尽一切，他也无法预言我想说的一切。

看看这张如此平凡、如此智慧而平凡的脸，我明白为什么一个有教养的年轻男子——一个每天至少花1英镑用于娱乐，而他的藏书中鲜有关于现代诗歌的书籍的未婚男子——会在一个30岁的女人身上寻求他完美的理想。

显然，从她的本质上讲，年轻的女孩也许只能唤起家的理想，而家在他眼里是自由、希望、抱负的对立面。他苦苦追求神秘，深邃而持久，却毫无结果，于是他易于产生近乎愚蠢的幻想——白色的衣服、水彩画和流行音乐。他梦想享乐，但被赋予义务；因为不要认为那窈窕的细腰，对他来说就意味着一个满是围裙带和孩子的哭喊声，以及含泪喊“爸爸”的讨厌的场合。一个有教养的年轻男子可以看透岁月的玻璃。

他已经坐在了剧院正厅的前排，手里拿着望远镜；他在舞会上遇到了很多30岁的女人，并和她们一起坐在窗帘的阴影下；他知道世上到处都是美丽的女人，都等着被爱和享受快乐。他这几年的社交圈中满是有女性气质的脸蛋，她们像花儿一样聚集在这儿和那儿，然后逐渐消隐在花园一样的空间里。有多少人会爱上他？最可爱的也许有一天会坐在他膝上微笑！那他应该放弃那个刚唱完歌、正在递茶的小美人吗？每一个正考虑结婚的单身汉都会说：“我不得不为了一个人放弃所有其他人，就是为了一个人。”

年轻女孩常常是美丽的，但她的美是模糊的、不确定的，它激起的是一种令人怜悯的敬慕，但它并没有任何暗指。这个女孩存在的本质是：她没有任何东西要暗示，所以那张年轻的脸并无法触及想象。在那对半透明的眼中，没有隐藏任何曾经的谎言，没有任何愤恨、失望或罪恶的流露，至少千分之九百九十九的情况没什么疑问。也就是这双至少每天要在饭馆和租马车上花1英镑的手，如果他真的愿意，并且这样做能取悦每个人，他可以成功地采集到薄纱花。那么，努力在哪里？成功在哪里？所以，我说，如果一个年轻男子的心不系在孩子身上，且又讨厌宴会的话，女孩在他眼里就不可能是完美的。但是，一个30岁的女人从一开始展现出来的恰恰是诱捕一个年轻男子内心所必需的。我看到她坐在完全由她布置、完全属于她的漂亮画室里，她的椅子放在一棵常绿植物的下方，长长的树叶向外倾斜着，好像就要去触摸她的脖子。奥布森地毯上精美的白玫瑰、红玫瑰神秘地向她轻巧的双脚铺近，三角钢琴将悦耳动听的音乐环绕着她。当她的拜访者出去后，她坐在那梦幻般的火光中，演奏着贝多芬的奏鸣曲。高潮虽然一逝而过，却展现出永恒的完美。8月既爱太阳的威力，又为之而深受折磨。她是高贵的，她是高大的。所有罪恶、所有失望、所有抱负都存在于那双忧郁的眼睛里，神秘地缄默，又神秘地暗示着的眼睛。年轻男子渴望知道的，正是她的生活。他想象自己正坐在她旁边，当其他人离开后，他握着她的手，叫着她的名字，偶尔她会离开他去弹《月光奏鸣曲》。她的手放在键盘上，悲伤或充满爱意地诉说着。她说着生活的枯燥乏味和幻灭。他明白她的意思，他也有与她同样的感受，但是难道他能告诉她或她能理解？在他的爱情中现实将融入梦幻，所有的有限都将延展到无穷广大。

他很少看到她丈夫。有时，在大约六点半时，他会听到公寓门上的钥匙转动的声音。这个男人迟钝、强壮而平凡，他的嘴很笨拙，他的眼睛毫无感情，他总使人想起兵营里那些趾高气扬的家伙。他总会使人想提一个忍不住要提的问题：为什么她会嫁给他？——这是每一个有教养的年轻男子白天会问上一千次，在晚上会问上一万次的问题，而且要一直问到35岁，看着自己这一代人步入中年。

为什么她会嫁给他？当他打开窗户，凝视着星空，既没有海，也没有天，也没有神秘的午夜会给他答案。也没有俄狄浦斯来解开这个谜。这个斯芬克斯将绝不会从礁石上跳入海鸥和海浪悲鸣的声音之中，她绝不会泄露她的秘密。是否她是一个女人，但不是30岁的女人，她已忘了。

年轻男子与她丈夫握手。他努力使自己看上去自然些，并说一些无关紧要的事——比如他（丈夫）看上去气色多好，他的娱乐，他的计划。然后，他（年轻男子）品味着那种热切的、非常符合时宜的快乐——犯罪的快乐。他不知道她家庭生活的细节，丈夫只是填充这幅画的一个边角的乌云，偶尔会遮挡住阳光。在某些时候，这个阴影会聚集起来，并且呈现出像岩石一般的、如将要到来的妖怪一样的东西，但这个阴影、这种形状以及这种威胁都是有吸引力的，在某种危机感中，魔力也似乎被密封住了。

这个高雅的年轻男子正在舞厅里！他靠在那个离门有一定距离的木制品上，因为几乎不知道自己要做什么，他就尽量使自己融于这群年龄大他两倍的男人的谈话中去。我不能说他是在躲避，但是，主妇和年轻的姑娘们都没有靠近他。这些梳着相同的发型、戴着新鲜的花朵、穿着鲜艳的礼服以及有着奇特眼光的年轻姑娘是多么的甜美，她们有的正在被介绍给宾客，有的正一起去跳舞，而此时，女主人正环顾着找舞伴。她看到了那个在门口的年轻男士，但是她犹豫了一下，走向了另一个男士。如果你问她为什么，她也不知道为什么要避开他。不久，那个30岁的女人进来了。她穿着白色的丝制礼服，满身珠宝。她环视四周，是在找他。她伸着手，平静地走到一个座位前。她和他一起跳了第8首、第12首和第15首华尔兹舞曲。

他会诱使她参观他的房间吗？这些房间的陈设像马歇尔的房间吗——装饰着奇怪的堕落色彩和土耳其吊灯——还是像我的房间那样，里面有一个陈旧的橱柜，一幅让我难以忘怀田园生活经历的、已经褪色的彩色蜡笔画。或者说它会是一间书房？有两张皮制的书房用椅，一张大写字桌和一尊荷马的半身像？无论如何它应该是这样的，不管这些房间是像艺术冲动的无情奢侈品，还是像一个学者被压抑的趣味，这个30岁的女人，她应该日夜在那里：她的圣坛在那儿。甚至当她安稳地睡在丈夫的臂弯里，带着极度兴奋的表情时，他，这个高雅的年轻男士，仍在孤独地膜拜着她，爱慕着她。

她不应参观他的房间吗？如果生存中复杂多样的意外事件，已经符合道德地打乱了她的生活；如果许多感情的变化已经决定了反对这最后的成功，那么她就会变成一个完整的、令人难以理解的诱惑男人的女人，她永远不会给他自由，而且，到最后，她会发现他的心只是“一根飘荡的金发”。他妻子的容貌和语言一定会浮现在她的脑海里（他应该设法和她解除婚姻），一种辛酸的甜美，一种半受欢迎的迷醉。她会消耗和摧毁掉他生活的力量和热情，只留下悲哀，就像一幅单调的风景画燃烧着，混合着海水发出淡淡的香味。名誉和财富将会像沙子一样从他身边溜走。她也许会为她所爱的人不顾节律地、流畅地朗诵诗句，但是当对艺术的激情平静后，她就会转而来破坏它们的宁静。

她就像是一种糟糕的疾病，这种古人就知道的病叫作性欲亢进——激发并象征了其理想前景的美丽名字，“被压制的仙女胸部”。这种疾病没有而且永远也不会在现代社会消失，只要男人们仍然渴望那些得不到的东西；而且那些单调地整天过着从房间到俱乐部的无聊生活的单身汉知道自己的疾病，他们称它为：30岁的女人。

第七章
巴尔扎克

一件日本晨衣，我喜欢其质地，一些新鲜蜂蜜和牛奶就放在这张饰着高贵流苏的床边。吃过一些美味点心后，我叫来了正四处爬行的杰克，它是我的一条巨蟒，禁食两个月了。我把一只天竺鼠绑在正宗的路易十五时期的凳子上，这个小畜生拼命地挣扎、尖叫着，而这条蟒蛇那黑色的、水珠似的眼睛紧盯着它，身体优美地摆动着……现在它开始攻击了：它一口吞下了天竺鼠，多么令人震惊啊！

马歇尔在大厅里拉风琴，他拉的是一首乔治时代的颂歌，美丽的颂歌，名为《王旗向前进》，作者是中世纪的伟大诗人圣佛图南斯。我坐下来开始写作。

我原本的意图是想写三四十篇小说，长度则三四百行不等。这些小说的本质很容易想象得到：有在夜晚徘徊一直至安息日的少年，他们被巫师——年轻和年老的——怀疑；还有她进入沙漠去吸引圣人的爱的光明；但他一屈服就得死，他的手臂被围绕着她的奇迹缠绕着，而她，也因为无法摆脱，就在束缚被慢慢放松后死去。我的困难在于，因为我把引进多种多样的描述方式作为我工作的一部分而增加了，而且在大多数情况下都是四面出击式的写作，我开始觉得自己好像是在沙子上工作。我正在盖的房子坍塌了，并倒向四方。就我所记得的，我的小说都有一个优点，就是它们都有完美的结构。条理清楚，并且引人入胜地讲述故事的艺术，是我向杜瓦尔先生学的。杜瓦尔先生与他那个时代最好的作家，包括他的老师戈蒂耶在内，一起合作写过160部剧本。我们过去常常在附近的咖啡馆吃早饭时相遇，我们的话题涉及篇章结构、环境的设置等等。有一天，我正坐着等他，我拿起了《伏尔泰》看。其中有一篇左拉的文章，自然主义、真理、科学这些词被重复了大约六次。我几乎不敢相信自己的眼睛，我读到，一个人要尽可能少运用想象来写作，小说和剧本的情节要尽量减少文学性，要如实描写，斯克里布先生的艺术是一种词语和组织的艺术等等。我从早饭桌边站起来，点了一杯咖啡，搅动着糖，觉得有点眩晕，就好像头被重击了一下似的。

这真是一个预言！我在一个意想不到的时刻听到了这样的话，却可以奇妙地用于解决正困扰我的困难。一直读到这儿的读者一定记得“雪莱”这个词在我童年时对我造成的直接影响，以及他是如何产生了那种解释了我多年变化和激情的感情联系，直至他最终被吸收为我的一部分为止；读者一定还记得我有时候提到“法兰西”这个词会唤醒一种强烈的冲动，甚至是一种盖棺定论的感觉，以及这些无法改变的结论是如何被人遵守的，它是怎样导致人们创造精神存在的。

现在，我第三次经历了一种豁然开朗的痛苦和快乐。自然主义、真理、新艺术，尤其是“新艺术”这个词让我有了一种豁然开朗的感觉。我感到晕眩，我模模糊糊地理解到，我的“午夜的玫瑰”是一种缺乏生气的怪异之物，是无法穿透任何生活假象的死亡之花，是毫无激情的激情。

我读过《小酒店》中的几章，是在《文学共和国》上读的。我喊道：“可笑，可憎。”仅仅因为我的特点就是立刻形成自己的观点，马上采取激烈的态度。但现在，我买来《伏尔泰》最近几期，非常急切地想看关于这个新信仰的每周一次的论述。这个新大师以极大的热情继续宣扬他的观点，并用来把握最不同的主题——历史事件，政治的、社会的、宗教的——以及将这些变成自然主义真实的论据或证明的方式让我大为惊奇。这种建立于科学之上，与以想象为基础的旧世界的艺术相对立的艺术，这种能够解释一切，完全包容现代生活，包括其无穷的千支纹络的艺术，似乎是新文明中的一种新信仰，这使我心中充满了惊奇，这个概念的庞大和雄心的高昂使我默无一言。我在狂喜中见到了将要出现的新一族作家，他们借助于小说，将继续先知们开始的工作，并将其带入一种更为辉煌、更理性的结果。随着这一新兴艺术的理论和其普遍适用性的每一个发展，我的惊奇也随之提升，我心中充满了敬慕之情。如果有人禁不住诱惑而求助于这些书本身以期找到解释这种强烈、狂野的感觉的答案，那他将一无所获——正如同喝昨天喝剩的香槟。一本书现在正躺在我面前，而当我懒散地通本翻阅过之后，我说："只不过是一个有强烈思想，但眼界特别狭小的人简单而粗鲁的话罢了。"

尽管我急切渴望着这场争论，我还是不知道我将如何参与其中。我不是一个小说家，也不是一个剧作家，至于我是否有可能成为一个自然主义诗人，这也非常令人怀疑。我十分清楚，抒情性将永远被禁止。我们的天空中将不会有竖琴和诗琴，只有鼓。而通过简单列举偏僻厨房里的用具来保存诗歌的所有本质要素，听上去——我情不自禁地想（这里必须低语）——简直就像是冗长而杂乱的废话。我等着大师说话。他已经宣布如果法兰西共和国不立刻变成自然主义的国家，那它就会倒台；他不会，也不可能沉默地忽视诗歌这样重要的文学分支，不管他可能认为它多么可鄙。如果他找不到可以赞美的东西，那他至少得谴责。终于，我期盼的文章出现了。在我狂热的脑子里，它就是一个人可以期盼的一切。雨果的宣言以前曾受到驳斥，但现在班维尔和戈蒂耶则被宣称为：只不过是旧世界回炉重塑的产品。波德莱尔是一个自然主义者，但他被他那个时代的浪漫主义影响摧毁了。但即使在诗歌中也出现了自然主义运动的标志。我因为兴奋而颤抖，无法读得很快。库尔贝奋斗一生来简化语言，他把街谈俚语写成诗，他一直寻找语言来表达下层人，如小杂货商的情感，并大胆而坦率地接受了人们的粗陋语言。然而，所有这些都是准备和尝试，我们正在等待我们的诗人，那个将会无畏地为我们唱出清洁工粗鲁的工作和超市的食品的诗人。主题近在咫尺，只是缺少形式。

这情景使我目眩神迷，我试着使自己冷静下来。我手里是否有题材以赢得比赛，戴上这些桂冠，这种极好的月桂王冠？——月桂，桂冠，帕纳索斯山的著名纪念品，但现代社会却没有相同的东西，我必须试着发明一种新的东西，同时我还得想一想。确实，斯温伯恩在我之前就已经“浪漫主义”了。《普罗塞尔皮娜赞歌》和《德洛丽丝》都是《莫班小姐》中精彩的抒情片段。从形式上看，《麻风病人》是古英国的，而色彩则是波德莱尔式的，但清洁工粗鲁的工作和超市的食品则是我的。物美价廉的“午夜的玫瑰”。

但我感到，将“午夜的玫瑰”自然主义化会是一项艰巨的任务，不久我又发现这是一项不可能的任务。这些诗被我放在一边，我开始沉浸在布吉瓦尔和阿夫雷镇带给我的欢乐中。这本书的名字将是《血与肉的诗》。

“多美的帽子啊，她那蓝色的帽子”——接下去呢？她拿起自己的裙子，小心地穿过拥挤的街道，看着墙上的广告，乘上公共汽车，在百货商店购物，上楼时还低声念叨着什么。然后呢？然后就是：门开了，她喊到“我爱你”。

但这就是使我着迷、使我陶醉的新的美学思想——符合现代生活的新艺术，就像古代的艺术与过去的生活相符一样——而绝不是自然主义者所写的蕴含大量知识的作品。我读过《小酒店》，其宏大的结构、长度、高度和宏伟的描写给我留下了深刻印象，其思想的和谐体现也使我颇感震惊。作者针对不同事件运用不同的手段加以描述，这对我而言非常新颖。就拿洗衣房来说：先暗示主要矛盾，接着展开一方面的观点，接着便是解释矛盾，矛盾暂时中断，随后隐约出现在逐步发展、错综复杂的情节中。后来，矛盾又重新显现，直到完全解决，达到高潮。主题被进一步加强，另一方面的问题被水到渠成地引入，主题被再次升华。我非常痴迷于这种庄严的、流水一般的叙事方式，有时候它只汇成湖泊，浅陋可见，但绝不会变成停滞的沼泽。而其中的语言，我当时也没看作是薄弱点，它比夏多布里昂和福楼拜的精华更胜一筹，同时它们也带有龚古尔的语言特色，它的新奇、丰富和力量使我兴奋不已。我那时甚至也没有丝毫怀疑使我崇拜的比野火还要猛烈的火焰的品质，就是40年前战胜了浪漫主义流派的那种品质，恰恰与这种新艺术的要求不相容。我被欺骗了，和我所有的同代人一样，被一个确定的外表，一层外在的表皮，一种近似，一种接近欺骗。总而言之，被以巴黎代替浪漫主义流派所深爱的遥远的、异域的背景欺骗了。那时我并不知道，但我现在知道了，艺术是永恒的，只是艺术家在改变。艺术家可以分成两大类——只可能有这两类——有天才的和没天才的。但我并不后悔自己的错误和愚蠢，立即明白生活和事物的局限并不是好事。如果我没有激情，我将一无是处；它们是我生命的慰藉和补偿。

但我虽然倾向于过度热爱我所处时代的艺术，而轻蔑其他时代的艺术，但还没有愚蠢到将1877年的现实主义作家，置于与伟大的巴尔扎克并列的地位，或认为他们在理解力与洞察力方面可与巴尔扎克媲美。我感到那种宏大的、不朽的思想都凌驾于他们之上，就像超越了最高塔的山峰。

奇怪的是，恰是戈蒂耶使我认识了巴尔扎克，我在给塞拉菲塔拥有的《恶之花》写的奇妙序言中已经提到了这一点。塞拉菲塔，塞拉菲塔，塞拉菲塔是谁？——是女人还是男人？主人应是威尔弗雷德还是莫娜？一个新的莫班小姐，有圣洁的百合和光环，有云雾笼罩的山峰，有海浪拍打的海峡，有镜子一样反射着光的悬崖峭壁；光洁的脚曾在上面走过，模糊的肉体薄层被撕开，纯洁的、奇怪的灵魂继续着其神秘的劝诫。然后，流露的幻想、纯洁的光辉、最后的迸发和显现、启示录的劝导、天堂的颜色，还有这惊人讽喻的结局——塞拉菲塔死在了19世纪第一轮太阳的曙光中。

因此，我似乎是开始倒过来读巴尔扎克了；我没有从他朴素、简单、世俗的悲剧《高老头》着手读，而是首先臣服在这个天才的美丽而超然的伟大世界中——《塞拉菲塔》。特定的地域孕育了文坛巨匠间的微妙差异，那么，在寻找这种热情的灵魂的过程中，是什么样的敏感本能促使他到了挪威？天才的本能深不可测，他们断言是本能引导他们做出正确的判断，正如他们用纯粹的精神之眼来了解北部的白种女子。我有一个知己，我过去常叫她塞拉菲塔。库尔贝也认识她，他那卷精美的诗集《流放者》——他的诗歌充满着塞拉菲塔一样热切的激情，其中那些金发碧眼的女人就是塞拉菲塔一类的人物，这卷诗就是为她写的，他每写一首诗也都寄给了她。她，那曾出现在巴黎某个季节的北方的雪花，现在又在哪里？难道她已经回到她出生的北方独居，与荡着海水的海湾、山岩石和松树为伴了吗？

就像天堂在星星里一样，巴尔扎克的天才体现在他的著作中。不久前我在什么地方读到过这样的说法：巴尔扎克是自帕斯卡尔以来法国出现的最伟大的思想家。说帕斯卡尔是伟大的思想家，我得承认自己无法做出判断。他生活的那个时代是人类历史上最伟大的时代，对我们19世纪出生的人而言，这正说明，我们要相信天主教的神一直在激励着我们，就像我们理应相信木星就像所证明的那样燃烧一样。“思想家”的说法在我看来是幼稚的；形式无疑极好，但对我这样的现代人、外国人而言，则只会使我感到厌倦和贫乏。然而，我欣慰地看到，在这200年中，巴尔扎克得到了很多赞美，但我要补充的是，在我眼中他比任何作家都显示出更为伟大的思想。我知道这最后一句话会使很多人喊我是“傻瓜”，他们还会发出“莎士比亚”的嘘声来斥责我！但我不会机械地提出这些批评，而只是把它们视为一种个人趣味的表述，它们的价值只是向读者揭示出了我思想的不同发展和进步。如果我在这里用十页纸来称赞我们国家的诗人，可能会使人感到厌倦，但那无疑“看起来还不错”，就像去教堂也“看起来不错”一样；不过我必须抵抗这种“看起来还不错”的诱惑。自白的价值与它所包含的真理量成正比，因此，我要说的是我从未从中得到任何利益，也很少从阅读伟大剧本中得到乐趣，诗的美！是的，爱雪莱的人和我一样不能不沉浸于他的美妙诗篇中——

> 聆听音乐，为何你的音乐如此悲伤？
> 在不美好的战争中发现美好，带着快乐去追寻欢欣。

难道这样的音乐还不够吗？当然。不过我是一个文学世界里的感觉论者。我可以非常准确地判断这本或那本书是天才们的杰作。但是，只要它不合我的口味，它就与我无关，我甚至会忘记它的存在。今天使我冷静的东西明天可能使我发疯。对我而言，文学是一种感觉的问题。它可能是充满智慧的——如果你能做到的话。但感觉往往是相同的，它以人的反复无常的欲望作为评判标准。现在我们进行细致的区别。毫无疑问，对艺术作品存在着两种判断：大脑判断和感觉判断。需要注意的是，这两种辨别力有时几乎是完全独立的，只是在罕有而辉煌的作品中，它们才混合成一种博大而独一无二的爱。除了一些沾满灰尘的老腐儒，谁能不被这样一本书打动？它和你此时的内心情感对话，让你感到欣慰并留下深刻的印象。这当然是纯粹的感觉论，但地位并不明显。为什么马洛总让我迷醉？为什么他让我快乐，能唤起我的热情，而莎士比亚却使我冷静？能理解一个人的心灵也能理解另一个人，但文学上的相似性与两性之间的相似关系有相对应的、极其类似的关系——同样有毫无理性的吸引力、同样的快乐、同样的冷漠。那些我们曾最爱的人现在对我们来说却最冷漠。雪莱、戈蒂耶、左拉、福楼拜、龚古尔！我曾经是多么爱你们，但现在，我不能，也不会再一样读你们的作品了。你们的作品多么女人味儿，多么反复无常。但她对心中情人的爱，如果不能说是忠实的话，也是恒久不变的。对我而言也是这样。在我所深爱着的人中，只有一个人还在不断给我激情，让我心迷神醉——那就是巴尔扎克。就在这块坚固的基石上，我建造了自己的教堂，他伟大而有力的天赋总能将我从毁灭中拯救出来，把我从自然主义者的腐泥和象征主义者微弱而病态的浅浪中拯救出来。想到他，我就无法忘记永恒是精神而非肉体，就像人们始终认为在第一时间所发表的讲演是最好的、最值得怀念的一样。巴尔扎克庄严、崇高而无限的思想将我引领向高峰。他的热情无所不及。更令人惊异的是，他给了艺术和自然同等的空间。他强烈而敏锐地同情着人们的生活及其所涉及的一切，这使他能带着敬畏去看待最谦卑的事物，并授予它们悲剧之光。有一些人，尤其是那些什么都不理解的人，他们反对我在剧作家和小说家之间所做的比较。但若诗歌天生要比散文卓越，那我将毫不犹豫地承认，我失败了，我彻彻底底地失败了，莎士比亚确实要比巴尔扎克伟大。诗人的想法不必非常宽广，而他内心的表白却比小说家的更伟大。就这几点来看，我们必须大声疾呼并马上回到关键问题上来——创作。吕西安不如哈姆雷特吗？欧也妮·葛朗台不如苔丝狄蒙娜？他的父亲不及夏洛克吗？伏脱冷不如麦克白吗？难道我们能说《贝姨》中的药剂师或胡劳特男爵或贝姨本人，不如人脑所想象出的东西吗？还有一点不能忘记的是，莎士比亚有300年的历史和舞台表演的优势，使他的人物形象给精神匮乏的世界留下深刻的印象。主观意念和微分子一样受重力规则的左右，我们对福斯塔夫的认识总要比同时代文学作品中的其他人物来得鲜明逼真，尽管他们一样伟大。只要提到警句格言，我在这儿就要绝对真诚和确定地说，在我眼中小说家的创作远比剧作家来得丰富。谁能忘记那些对贫苦生活的可怕描述——那些住在寄宿宿舍里的倦怠的孤儿？她在谈到伏脱冷时说："他的外表把我吓坏了，就好像他把手放到我的衣服上似的。"这本书中还有另一句名言："女人的美德是人类最伟大的发明。"拉罗什富科作品里的任何事物都使我更深刻地接近事物的真相。此外，在这里我能给出准确的描述："荣耀即死者之光芒。"从巴尔扎克的书中很容易编写出一部格言集，它将使所有的"格言"和"思想"，甚至拉罗什富科或儒贝尔的那些格言显得浅薄而微不足道。

巴尔扎克是我生命中伟大的精神导师，而且我的阅读就是在《人间喜剧》中达到高潮的。我无疑曾走过场般翻阅过一部分其他的书，如散文和诗，但是只有他使我对之有深刻持久的印象，其余的就好像是葡萄酒和威士忌，美味，但过口即忘。

不过，要是没有读过那些书，我就可能拿不到任何种类的奖学金，因为平时我没有正确地学习任何东西。我只是一个整天混迹于舞厅、酒吧、大街、画室的学生。我很少阅读，不过所有我读过的内容我都能转述，并且记住。自由、广泛的阅读已成为我的雄心壮志，同时，我完全没有研究能力这一问题一直是我面对的一个难题，并使我深深困惑——是指那种不同于一般、随意地吸取思想的研究。不过我有一种原始的冲动，所以我经常去男人们常去的地方，甚至到了不可抗拒的地步。交谈是我生命的呼吸，我注视着人们的日常活动，随之我的思绪不由自主地飘散开来，就像树枝发芽一般。与外界联系使我产生了力量；没有这些，我的创作力就会变得单薄，毫无生命力，并且将越来越单薄，直到很快完全枯萎死亡，就好比我那不幸的“午夜的玫瑰”一样。

男人们，女人们，哦，多么富有活力的一张张生动的脸庞。交谈，哦，它多么富有魔力！它是一条黄金之河，宝贵的黄金被冲洗得干干净净，取之不尽，用之不竭。两个老妇人在讨论着贵族？我从中也可以学到很多，这就是黄金。诗人和智者，这是凝固成珠宝的喷射的泉水。每一株药草和植物都被引发出钻石的闪光和红宝石的赤热。

我既没有去牛津，也没有去剑桥，但是我去了新雅典娜。新雅典娜是什么？对我的一切了如指掌的人一定对唯美艺术有所了解。在日报上，你读到的只是因循守旧的愚蠢，但真正的法国学士院是咖啡馆。新雅典娜是坐落在皮加勒广场的咖啡馆。啊！生活只有慵懒的早晨，漫长的黑夜，夏日的幻觉。阴暗的月光照射在皮加勒广场，我们过去常常站在那里的人行道上，门在我们身后铿锵作响，我们不愿意分开，想着还有什么忘了谈，想到若我们可以争论得更加激烈该多好。过去常常聚在那里的人不是去世了，就是离散了，还有那些时光和我们的家，因为那是我们的家，我们只生活在几张照片或几页散文里。同样古老的故事，胜利者也仅仅是胜利者而已；虽然不被人承认，虽然不知名，但新雅典娜对19世纪艺术思想的影响是根深蒂固的。

这些年轻时代的回忆多么富有吸引力，多么强烈而生动啊！凭着我所有的那种奇怪的、几乎反常的机智，我竟然看到了，是的，我的确看到了，我看到了咖啡馆的白色的面孔，看到了那一排房子中的鼻子，一直延伸到在两条街中间的皮加勒广场。我可以看到两条街下面的斜坡，我也知道那里有哪些商店。我可以听见我在打开咖啡馆的玻璃门时，门在沙地上摩擦的声音。我可以回味到每一个小时的味道：早上是黄油煎鸡蛋的味道，刺激的香烟味，咖啡和劣质白兰地的味道；五点是香浓的艾酒味，不久后就是浓汤的蒸汽从厨房中飘上天；随着夜幕降临，随之而来的是香烟、咖啡、劣质啤酒的混合味儿。一堵隔墙，大约比人的头顶略微高几英尺，将玻璃前台与咖啡馆的主体一分为二。那里放着一张普通的大理石桌，我们就是坐在那里高谈阔论，直至第二天深夜两点。诶，那个男人是谁？他凸起的双眼闪烁着兴奋的目光。他是维利耶·德·利勒-亚当，是一个大家族的最后一个或被认为是最后一个成员。他正在给一个女孩讲故事，那个迷人的女孩眼睑很厚，愚蠢而淫荡。不过，她似乎倒是真的很惊奇，兴趣盎然，他也正在竭力引起她的注意。听听。"西班牙，夜晚多么富有吸引力，充满着大海和橘子树的香味儿。你知道，那是一个星光灿烂、梦意萦绕的午夜。卫兵的决斗时不时打破沉静——就这些。但不是在西班牙，而是在法国，决斗是允许的。这个城市现在在法兰西的控制之下，决斗是军事法允许的。现在一个军官正穿过一座花园，是一个假扮成法国军官的西班牙人；一个家族——西班牙人可以夸耀的最尊贵、最古老的家族之一，有1000年的历史了，早在征服摩尔人之前就存在——在阳台上看着他。就在这时……"维利耶·德·利勒-亚当用他那女性般的手指拂了拂遮盖在脸上的长发——他差不多忘了一半了，他又忘了故事的开头，他正在努力思索该怎么用法语来说英语中的"强盗"。"整个家族都在看着，如果他没有杀掉那个法国士兵，而是被抓住，则必死。鸟叫声，某种模糊的声音把卫兵吸引了过来，他转过身。一切都完了，西班牙人被逮捕了。按照军事法，西班牙人的阴谋必须被镇压。这个法国将军是一个铁石心肠的男人。”（维利耶·德·利勒-亚当笑了，是那种简短、含糊的笑，这是他的特点，然后以他那突然的、不确定的方式继续讲下去。）“铁石心肠的男人，他不仅宣布要处死间谍，并且要处死整个家族——那个铁石心肠的男人啊，哈，哈！在当时，你不会理解的，你不可能理解这在当时是无法无天的恶行——一个在征服摩尔人之前1000年就存在的家族，西班牙唯一一个这样的家族——将不复存在。哈，哈！我忘了这个被完全消灭的西班牙伟大家族的名字，这个在西班牙所有家族中最古老、最高贵的家族，要理解这点很不容易，即使在新雅典娜也是这样——哈，哈，伟大家族里的人一定可以理解，哈，哈！”

“父亲哀求着，他乞求能留下一个家族成员延续家族的姓氏——最年轻的儿子——这是他唯一的恳求；如果他可以获救，其余的又算什么？死亡对于西班牙人来说并不意味着什么；家族，姓氏，相传千年的姓氏才是一切。那个将军是个铁石心肠的人，要知道。‘是的，你家族的一个成员应该被释放，不过有一个条件。’对这个受尽折磨的家族来说，什么条件都无所谓。不过他们并不知道将军打算杀一儆百，他们哭喊道：‘任何条件都可以。’‘这个被赦免的人必须是其他人的刽子手。’伟大的判决，这你理解；但家族的姓氏毕竟一定要延续下去。然后家族讨论把谁留下来，父亲走到最小的儿子面前，说：‘我的儿子，我是一个好父亲，我一直是个慈祥的父亲，是吗？回答我。我从来没有拒绝过你的任何要求。现在你不要让我们失望，你将证明自己配得上你自己继承的伟大姓氏。记住，你的先祖，你那征服了摩尔人的先祖，记住。'（维利耶·德·利勒-亚当努力想营造当时的气氛，不过他对西班牙姓氏和历史知识所知甚少，所以他自我感觉有点失败。）然后母亲走到她儿子面前说：'我的儿子，我曾是一个好母亲，我一直爱着你。说你不会在我们最需要你的时候舍弃我们。'接着，年幼的妹妹过来了，整个家族跪了下来，请求这个惊慌失措的小男孩……

"'他将证明他不会有辱我们的姓氏，'父亲哭喊着，'现在，我的儿子，拿出你的勇气，用力挥动斧子，照我说的做，拿出勇气来，往前砍过来。'父亲的头颅掉了，落进一堆木屑中，白色的胡须上沾满了鲜血。然后是年长的哥哥，接下来是另一个兄弟。然后，哦，年幼的妹妹，他几乎已经无法承受了，母亲不得不低声对他说：'记住你对父亲的承诺，你死去的父亲。'母亲把她的头放在断头台上，但他砍不下去了。'不要成为我们家族中的第一个懦夫，来，砍我吧，记住你对我们所有人的承诺。'话音刚落，她的头已被砍掉。"

"那个年轻人呢，他后来怎么样了？"女孩问道。

"人们从来见不到他，除了在晚上，人们会看到一个孤独的男人在格拉纳达城堡的围墙下走。"

"他和谁结婚了？"

"他从未成家。"

随后是长时间的沉默，有人问道：

“这是谁的故事？”

“巴尔扎克的。”

这时马奈推门进来了，只听见咖啡馆的玻璃门擦着铺满沙子的地板，发出刺耳的摩擦声。尽管从出身和艺术风格来看，他是一个地道的巴黎人，但他的外表和说话方式却常使人联想到英国人。也许是因为他的衣饰——他那轮廓鲜明的衣服和体形。多好的体形啊！他那方方正正的肩，当他穿过房间时显得昂首阔步、趾高气扬。他那细腰，他那俊脸，他那胡子和鼻子！他就像是希腊神话中的森林之神。我可以这样说吗？当然不可以，因为我把他外形的美看成是与睿智的表达统一的美。他坦率的用词，他深信不疑的真诚的激情，他忠实而简单的短语，像井水般清凉透彻，有时可能有点儿生硬，有时在流动过程中可能有点儿苦，但在源头处却是甜蜜而又充满光明的。马奈坐在德加旁边。德加肩膀滚圆，穿着一身黑白相间的衣服。除了宽大的领带，他身上也没有明显的法国人特征。他的眼睛小小的，措辞锋利、讥讽、愤世嫉俗。马奈和德加是印象派的两个领导人物，由于不可避免的竞争，他们俩的友谊变得不和谐起来。马奈说：“我在画《现代巴黎》的时候，德加在画《塞弥拉弥斯》。”而德加则说：“马奈陷入了绝望，因为他无法像杜兰德那样画凶暴的画，他享受了特别的荣誉，并被授予勋章。他是一个艺术家，但不是出于爱好，而是被迫的。他就像一个被锁在桨上的大帆船里的奴隶。”同样，他们的创作方式也大相径庭。马奈创作的所有作品都来自大自然，他相信自己的直觉能够引领他正确地穿过充满选择的迂回曲折的迷宫。他的直觉也没有令他失败过。他的眼睛里有一种美景，他称之为自然。当他消化食物时，当他思考时，他都在不知不觉地描绘着这种自然。他热烈地宣称，艺术家不应苦苦追寻一种所谓的综合，而应只是尽情地画自己目之所及。这种大自然和艺术家的洞察力之间的惊人统一在德加身上并不存在，甚至他的肖像画也是由图画和符号组成的。大约午夜时分，卡蒂勒·孟戴斯将来拜访，此时他已确证了他的论证。他将带着他那似是而非的隽语和牵强附会的口才而来。他将把身子靠向你，他将抓住你的胳膊，他的出现带来的是令人紧张的愉悦。当咖啡馆关门时，我们也喝完了最后一杯烈性黑啤酒。我们环绕着皮加勒广场，在月光下散着步。我们穿过大街的暗影，一路上谈着最近出版的一本书。他抓紧我的胳膊，用发烧般的声音高声谈论着，他的每一个短语都清楚发亮，似空气一般，甚至如那高高在上的月亮和飘忽不定的云朵。杜兰蒂，一个无名的斯丹达尔，将在大约一小时后来访。他话不多，离开时也是静悄悄的。他知道，他的所有行为都表明他知道自己是一个失败的男人。如果你问他为什么不再写一篇小说，他会回答：“这有什么用？写了也不会有人读。即使我再努力尝试，也不会做得更好。”保罗·亚历克西斯、莱昂·迪克斯、毕沙罗、卡巴纳等人也经常出现在新雅典娜咖啡馆。

卡巴纳！这个轻视、不屑世人的人，他的名字也不为世人所知。在巴黎一个排布稠密的大墓地的某一处，有一个被人遗忘的坟墓。卡巴纳就安息在此。卡巴纳！自从开天辟地以迄永远，不知有多少个卡巴纳。他们悲惨地生活着，他们将贫困潦倒，他们将被忘却。他们有着永恒的献身精神、无私精神、满腔的热望和抱负，这种精神在每一个时代都化身为英雄的灵魂，但将永远不会有一个小说家伟大到能在艺术中复活这种永恒的精神。你比那些踩着你的失败踏上富裕和成名的人要好得多。你更好，心灵更高尚、更纯洁。你的命运是失败，而其他人从你身上升起，你是被征服的高贵军团中的一分子。让我们歌颂这些被征服者吧，因为他们承受了胜利的冲击。马路之子，奇怪的十四行诗和更奇怪的音乐之子，我记得你。我记得那丝绸衬衫，那4苏的意大利奶酪，那面包卷，那杯牛奶，而大街就是你的餐厅。你每天步行五里去市郊的音乐大厅，在那里你靠为喜剧歌曲伴奏赚5法郎。我记得你五楼的房间，那是你在继承了人所共知的2000法郎遗产后装修的。我记得买来的全部戏服，记得那用交响乐团所有仪器装备的美国风琴。我还记得那石膏模型，无家可归的人在那之下寻求避难所，寻求面包皮和睡觉的场所都不会遭到你的拒绝。我记得所有的一切，还有你买的真人大小的《米洛斯的维纳斯》。一些惊人的事情会随之发生，这一点我是知道的，但结果超出了我最疯狂、最没有根据的预想。维纳斯的头必须被砍掉，以便崇拜的狂热可以摆脱对大街的不和谐的回忆。

然后是关于一个男高音的精彩故事。他本是一个屠夫，人们听到他的声音非常洪亮，以至于悬挂在他上方的香肠也随之颤动起来。他靠你在街头音乐广场赚得的5法郎吃、穿、受教育。当他在抒情歌剧院初次登台时，你正奄奄一息，你病得如此严重，以至于不能亲耳去听你得意门徒的成功。他立即被“枫树之子”雇用，并被带到了美国。

我记得你的脸，卡巴纳。现在它可以清楚地浮现在我眼前——那瘦长的、灰黄色的脸，那棕色的胡须，那空空的眼睛，那穿在丝绸衬衫里的瘦瘦的胳膊。丝绸衬衫与你身上的其他衣服形成了奇怪的对比。无论多么艰难和贫穷，你都未曾放弃那件丝绸衬衫。我记得你那似是而非的隽语和金玉良言，如果这样说不准确，则可以说是你自身所拥有的迷人风采和幽默情绪。你从来不笑，即使是在讨论“如何在音乐中表达静寂”的时候，你也是用你那独特的比利牛斯山山区的口音说：“只有在军乐中才能表达静寂。”有一段时间，我憎恨自己的母语，并忘记了其中的一部分，因此当我把自己用法文写的那些糟糕的诗给你看时，你说——“亲爱的乔治·摩尔，你总是描写爱情，这个话题令人厌恶。”

“是的，是的。但毕竟波德莱尔也描写爱情和情侣。他最好的诗是……”

“这是事实，这是个大混乱，事情变得更加严重了。”

我也记得你那奇特音乐中一些孤立的歌曲片段，“这种音乐，瓦格纳可能会认为有点太新潮了，但李斯特不会看不懂。”我记得你为十四行诗所作的乐曲，美妙的曲调从头至尾不曾间断。你还有许多更加令人惊叹的伟绩，你为维永的叙事曲《旧时女人》所作的乐曲也同样和谐，还有那种出自卡巴纳风格，而被融入克劳斯的“烟熏鲱鱼”音乐的作品。

为什么你依然贫穷、不为世人所知？是因为某些事情太多，还是因为某些事情太少？因为某些事情太多！至少我这样认为。你的心充满了太多过于纯粹的理想，这种理想过于高远，所以不可能在世俗的人群中传播。

但是，卡巴纳，你付出的劳动不会徒劳的。你的命运虽然晦暗，却是勇敢的、成功的，在生活中你为他人而生存，虽然现在你死了，但是你仍然活在人们的心中。你正在徘徊的那一刻，浪漫史最后的色彩和魅力在黑暗的西方逗留。当闪耀的色彩和无原则的现实主义在东方升起，当陌生的光辉照射在死亡一样苍白的天顶上，就像一面白色的旗帜在虚弱无力地飘动，此时象征主义和颓废派诞生了。以前从未出现过如此突然的艺术需求上的改变和汇合，这种渴望在人们的灵魂深处，如此强烈的热情、如此令人昏厥的狂热、如此缺乏理智的兴奋。现实主义者日常生活中的怒吼和灰尘在日落的红光中继续着，浪漫主义者的武器在闪闪发光，精神苍白的象征主义者看着、等着，没有东西能证明他们还存在着。你就处在这样一个艺术骚动和更新的年代，而你又是一个杰出的所有文化的融会点。你理论化了我们混乱的渴望，并用神圣的例子将我们从商业主义中拯救了出来，将我们从令人厌恶的侮辱中拯救了出来。你是我们那高高在上的牧师，是你将那种高高在上的神圣感变成我们都能接受的白色圣饼、圣灵和活生生的上帝。

卡巴纳，我看见你现在正进入新雅典娜。在长时间的、令人疲倦的步行后，你有一点疲倦，但是你没有悲伤，也没有对那些既不接受你的音乐也不接受你的诗的人大声喊叫。但是，尽管你是那么疲惫，你的脚是那么酸痛，你还是一直等到咖啡馆关门。你在等那些无家可归的人：他们在那儿，大约三四个人，你带他们去你那个陌生的家，用美国风琴、喷泉和无头的维纳斯布置的房子，你会给他们每个人一些面包皮，并把自己的衣服给他们穿，当你也缺少衣服的时候，你就给他们石膏绷带，虽然你自己仅仅喝一杯牛奶，你也会找一些苏打水给他们，让他们买点东西清凉一下他们干渴的嗓子。你就是这样生活的——无可厚非的生活，没有庸俗的思想到过这里，甚至没有女人的爱；艺术和朋友，就是一切。

读者，你见过这样天使一般的人吗？如果你见过，你就比我更幸运。

第八章

新雅典娜

我的性格有两个主要特点——对祖国天生的厌恶和对我接受的宗教的强烈厌恶。我是在这种思想中成长起来的。我强烈反对祖国的各个方面，我一想到我出生的地方也就会产生类似的厌恶。这些感觉是天生的，而且在我体内根深蒂固。我直觉地憎恶我的同胞，他们是冷淡和令人厌恶的；但是对法国人我却有一种有意识的亲近感，我和他们有共同的理想和抱负，当我和他们在一起的时候，我有一种强烈而又热烈的想和他们亲近的感觉。我能用隔代遗传来解释这种情况吗？六代或者更多代以前，在我家族里是不是有一个法国男人或者法国女人？我没有询问过。我爱英国人，并且是一种傻傻的爱——疯狂的爱，因为这种爱是无限的：我爱他们胜过法国人，但是我和他们不那么亲近。可爱的、甜蜜的、信仰新教的英国人需要我。它的每一个方面都使我超越自己，而且可能在我的生命中没有任何一个时刻能比我站在那，并且用羡慕的眼神看着那红瓦片的牧场小屋、榆树、灌木篱笆和所有用蔓延的树木美化的富饶土地时更加激动的了。当我看见风车时，我的灵魂在欢呼，我们在北方没有看到过这些。北方是凯尔特人，而我是撒克逊人。我天生向往的乡村是萨西克斯郡，那里的撒克逊人最多。它的每一个方面都唤起我内心本能的认同。村庄围绕着有尖顶的绿色教堂，教堂的尖顶在榆树群中若隐若现，这一切对我来说都不新鲜。当我第一眼看见它们的时候，我就对它们有一种熟悉感。教堂的钟声呼唤着人们去祈祷，去甜美微笑的教堂，没有蜡烛，没有香，只需直觉地迈着步子。我跟随着大家，学着去爱新教的上帝，并且开始懂得：一旦英国人停止相信新教，英国将会衰败，像贫穷的凯尔特人一样，他们信仰他们的牧师，却射杀他们的地主。法国人从不相信天主教，没有一个民族相信，在法国没有一个地方的天主教旗帜像在新雅典娜一样无精打采。

"男孩，一杯啤酒！"我为愉悦自己而写，就像我点晚饭一样；如果我的书出售，我无能为力——它是一个偶然。

但你是以写书为生的。

是的，但生活只是偶然——艺术是永恒的。

我谴责左拉的原因是他没有风格，在《费加罗报》的报道中，你找不出左拉和夏多布里昂的区别。

他希望通过准确描述一个布料商店来寻求不朽；如果商店获得了不朽，那应是取决于谁开创了这家店，而不是因为是哪个小说家描述了它。

他的最后一篇小说《工作》，是多么拖沓，没有一个新的或者准确的观察。“征服巴黎”这一可怕的句子一遍遍地重复着：这句话什么意思？我不知道谁想过要征服：没人曾说过要征服巴黎，也许除了两三个乡下人以外。

即使你只是为了获得打破诗歌规则的快乐，诗也必须有规则，就像即使你只是为了得到脱女人衣服的快乐，也必须让她们先穿上衣服一样。

想象一下，朱利安的学生为他办了一个宴会！他发表了一次支持勒菲弗尔的讲演，并且希望在场的每一个人都会选勒菲弗尔。朱利安非常雄辩。他提到“伟大的艺术是不加修饰的”，而勒菲弗尔对此有着坚定不移的忠贞……高尚的、精练巧妙的对古希腊的模仿。然后——你在想什么呢？当他竭尽全力列举所有的原因说明为什么要把荣誉奖章颁给勒菲弗尔时，他说：“我请你们记住，先生们，他有一个妻子和八个孩子。”这不恐怖吗？

但让人恐怖的是你，是希望整个世界都顺从你的美学的你——一个白日梦，如果这个梦实现了，它也只能导致出现一个不可能的世界。妻子和孩子是存在的基本证明，大喊大叫出这一点很愚蠢，因为呼吁人们对此感兴趣遇到的反应是——直到时间的终结都会是这样。

这些将一直持续到时间尽头的伟大兴趣是两年前开始的，就是你的画在《费加罗报》上没有得到你希望的那种赞扬的时候。

爱——但不是结婚。结婚意味着一张能容纳四个人的床和十一二个爸爸、妈妈。爱是一种渴望：透明，色彩，光，不现实的感觉。但是妻子——你知道她的一切——谁是她的父亲，谁是她的母亲，她对你的看法，她关于邻居的看法。那么，梦在哪儿？在远方吗？这些是人们以前从未看见过，以后也永远不会再见到的女人！选择吧！她们是最美的！香气袭人的她们，身披完美轻盈的薄纱，散发出洗礼后圣洁的光辉，描上眉墨的眼眸黑得不可思议。她们的名字既可以带来胜利，也可以带来毁灭；既可以是西班牙的月光，也可以是波斯波利斯的月光。她们永远对你说“是”，像夜莺的歌声一样和谐——永无休止的小声而甜蜜的“是”。这样的不知所谓，这样的不真实。这就是爱。有一种诱惑，来自对岸佳人。

哦，上帝！这个世界仍然相信教育，相信应当把“艺术的法则”传授给人们。教育的对象应当只限于职员，而教育有时甚至驱使他们去酗酒。我们永远学不会过去我们未知的事。世界会认识到这一点吗？艺术家、诗人、画家、音乐家和小说家被一种准确无误而又不可名状的直觉引导着，直奔他们想要表达的主题。而教育他们就等于毁灭了艺术的直觉。艺术在艺术学校门前早已溜走——“正确的绘画”和“固定的画”。世上没有“正确的画”这回事。如果一幅画是“正确的”，那么它实际上是错误的。难道我们没有可能这样教育人们，把这种思想灌输进他们的头脑吗？“固定的画”，上帝啊！他们是否认为有一种绘画可以凌驾于其他画之上？难道制作这种画像和制作巧克力一样会有一个标准？艺术不是数学，它是个性的体现。只要你画得不像一般人画得那样难看，你画得多糟糕都无关紧要。教育毁灭了个性。朱利安那著名的画室是个谜，所有到那儿去学艺术的贫穷民间画家都被毁了。两年后，他们的画都如出一辙。每个人，照着样儿执行绘画过程——他们称之为执行——一下子都画出了第一流的画。去年我在英国时看到了一些由一个叫里士满的男子画的肖像画。这些画太可怕了，可是我喜欢这些画，因为它们不像那些一板一眼的画。斯托特和萨金特都是够聪明的家伙，而我比较喜欢斯托特。如果他们待在家里不曾受过教育，他们可能会创造出一种个人艺术。但是，魔鬼的足迹覆盖了他们所做的一切——那幅糟糕透了的法国画《一段》等。斯托特正在以提高绘画等级来结束这种情况。他今年展出了一幅仙女图。我知道他的用意。这是一个有趣的意图。我更喜欢他的小型山水画——把画面有的简化至空白，有的简化至几片质朴的色彩、几笔绝妙的轮廓和亮部。但是我怀疑他能否找到能理解所有这些的公众。

民主的艺术！艺术恰好是民主的反义词——雅典！拥有上万个奴隶的数千个市民称它为民主！不！我所说的是现代民主——公众。公众只能欣赏简单单纯的感情、不成熟的漂亮以及最为重要的保守。看看那些来这里访问的美国人吧。他们欣赏什么？是德加或马奈吗？不是，是布格罗和勒菲弗尔。在国际展览会上最受欢迎的是哪幅画作？——是《肮脏的男孩》。如果荣誉奖牌的归属由全民表决决定，那么《肮脏的男孩》会赢得压倒性的多数票。人民大众的文学是什么？是《法国小日报》里那些愚蠢的故事。不要谈论莎士比亚、莫里哀那些文学大师，他们通常被几个世纪的权威所接受。如果人们懂得《哈姆雷特》，就不会去阅读《法国小日报》；如果人们懂得米歇尔·安吉罗，就不会去注意我们的布格罗或你们的布格罗、莱顿男爵了。上个世纪我们快速走向民主，而结果是什么？是手工艺的毁灭。虽然现在仍有好的画作画出来，有好的诗歌写出来，但这并不能证明什么，我们总会发现有人为了一幅画或一首诗牺牲自己的生命。但是以依靠大多数人的总体口味为支持，由人们合作执行的装饰性艺术已不复存在。如果你能解释这个现象，那就解释一下。我将给你5000法郎甚至10 000法郎去买一个独一无二的漂亮的非复制品或非古代的钟，而你不可能买到。这样的事不存在。看看我，几天前我在卢浮宫中拾级而上。那里的台阶全被铺上了马赛克，太可怕了，每个人都知道那太可怕了。我询问别人是谁下令铺上马赛克的，但我没能问出来，无人知晓。这个命令由这个局传到那个局，说不出谁是下令者。在共和国中事情总是这样，而且你越是共和主义，事情就越糟糕。

世界正在机器中走向毁灭，机器是扫除和毁灭文明的大患，早晚有一天人们会不得不起来反对机器——资本家、得不到报酬的劳动力、工资奴隶和所有其他人——看看这些盘子，它们的图案是由机器印出来的，太可憎了，看看这些盘子。过去盘子的图案由手工描绘，而且供应量相对于需求量必然是紧缺的，每件总是或多或少有些漂亮图案的中国瓷器就是这样生产出来的，但是现在，几千、几万个超乎需求的盘子被生产出来，造成了一个商业危机，这种情况是不可避免的。我认为当人类奋起反抗时，就会引起一场合理的伟大革命，人们会捣毁机器，恢复手工。

龚古尔不是一个艺术家，尽管他一再假装，甚至疾呼他是一个艺术家。他就像一个老妇人似的，一边尖叫着夸耀自己的不朽，一边扫垃圾似的努力把某些东西降价。过去它是成双的，而现在则是独一无二。他们写小说、历史、戏剧，他们收集旧事——然后把这些旧事写下来；他们画水彩画和蚀刻画——然后把关于这些画的事写下来；他们已立下遗嘱，决定把旧东西在自己死后卖掉，变卖收入用于建立一个最佳散文奖或小说奖的奖项，我忘了是散文奖还是小说奖。他们写下自己想建立的奖项。他们保持写日记的习惯，写下他们听到的、感觉到的或看到的一切，包括老妇人的唠叨，不放过一个细节，哪怕是一句最微不足道的话。因为那可能就是能赋予他们永恒的关键语句。他们听的、说的每句话都一定是有价值的，而且一定有极重大的价值，而一个真正的艺术家是不会为不朽的名声，为所有他听到、感觉到和说的话所累的。他把这些想法和感觉看成如同黏土那样多而不稀奇。

于是就出现了著名的合作品。它是如何讨论出来、写出来、祈祷出来的呢？朱尔斯死的时候，他们的谈话及所写文章的主题是：一切都消弭于无形。雨果的虚荣心是巨大的，龚古尔的虚荣心则是不成熟的。

那么都德呢？

哦，都德，他是普罗旺斯鱼汤。

在所有的艺术家中，惠斯勒是印象主义色彩最少的画家，人们把他看成印象派画家，只是再一次证明公众绝对无法理解艺术作品的优缺点。惠斯勒的艺术是古典主义的，他想到自然，但是他没看到自然，他的作品来自头脑，而非眼中所见，而且最妙的是，他就是这么说的。他非常清楚这一点！任何一个认识他的人都一定曾经听他这么说过："绘画是纯粹科学性的，它是一门精准的科学。"他的作品也根据他的理论来创作，他不冒任何风险，所有因素都被降格和人为安排，互相平衡以融合为一体，他的画作事先就构想出来，是意识的概念画。我欣赏他的作品，我正在说明他是如何被误解的，甚至被那些认为自己理解他的作品的人误解了。他曾经寻找过模特儿独特的姿势吗，一个模特儿最常重复的姿势？——从来没有。他迈步向前，手插在屁股兜里等，目的是为了展示他的思想。看看他画的杜雷特肖像。他看过穿着衣服的杜雷特吗？可能没有。他曾经看见过杜雷特穿着女士戏服吗？——我敢肯定他没有。杜雷特习惯与女士一起去剧院吗？没有，他是个总是扎在男人堆里的作家，几乎没在女人社交团体中出现过。但这些事实对惠斯勒来说无足轻重，就像对德加或马奈来说极其重要一样。惠斯勒把杜雷特带出他所处的环境，给他装扮一新，想出了一个计划——总之，他只是在画出自己的思想，一点也不关心模特儿的。请你注意，我否认我在指出什么错误或瑕疵，我只是在说惠斯勒的艺术并不是现代艺术，而是古典艺术——是的，是严格的古典艺术，比提香或委拉斯开兹的艺术更古典，是与安格尔南辕北辙的古典。没有一个希腊戏剧家比惠斯勒更不妥协地寻找事物的综合。他是对的。艺术不是自然。艺术是被消化的自然。左拉和龚古尔不能，或者说不会理解艺术之胃必须被允许按照自己神秘的方式完成自己的工作。如果一个人真是艺术家，他就会记得什么是必要的，而会忘了什么是无用的；但如果他做记录的话，他就会中断他的艺术消化，结果会是很多琐碎的感触，这种初期的未成形的灵感缺乏综合体优雅的韵律。

我讨厌综合艺术，我们需要的是直接而直觉的观察。我所抱怨米勒的是：他的作品总是同样的事物、同样的农民、同样的木鞋、同样的伤感。你得承认这有点老套陈腐。

那有什么要紧，什么能比日本艺术更老套陈腐呢？但这并不能妨碍它总是美的。

人们喜欢谈论马奈的独创性，而这恰是我看不到的。他所拥有的，也是别人无法从他那里夺走的，是他杰出的艺术手法。马奈的一幅静物画是世界上最令人惊叹的绝妙作品，色彩鲜明、栩栩如生、宽阔大气、简约朴实、风格率直——简直不可思议！

法语翻译仅仅是翻译；在英国，你仍然可以继续将诗歌翻译成诗歌，而不是翻译成散文。我们以前也习惯于这样做，但很早就放弃干这种蠢事了。这两种情况——如果他是一个好诗人，他会以自己的散文代替原来的散文——我不想看他的散文，我想要看原文——如果他是个糟糕的诗人，他就会给我们难以忍受的散文——都不是我们所乐见的。原诗人用于产生停顿效果的地方，翻译者重视的是节奏。以朗费罗翻译但丁的著作为例。翻译后的诗歌是否能让读者更好地领会原著的内涵呢？那是否仍是令人感兴趣的作品呢？再来看贝亚德·泰勒翻译的歌德的作品。它是否易读？不是每个人对诗歌都很敏感。如果没有原作的存在，人们是否会说泰勒的作品也值得一读呢？雪莱未译完的作品很美，但那都变成雪莱自己的作品了。再看斯温伯恩翻译的维永的作品。它们都是斯温伯恩美丽的诗歌，如此而已。他让维永说出了“优美的吻唇”，维永不可能写出这样的诗，除非他读过斯温伯恩的作品。詹姆斯·汤姆逊翻译的海涅作品，与汤姆逊自己的诗歌没有什么区别。西奥多·马丁翻译的海涅作品也是拙劣不堪的。

但在英国，你可以将一首无韵诗尽可能逐字翻译成散文吗？

我对此表示怀疑，但即使如此，空白行的节奏仍会使你的注意力远离原诗的韵律。

但如果你没读过原诗呢？

我们可以建议将原诗的韵律明智地运用于散文之中，即使不是这样，你的思想至少是自由的，而英语的节奏一定会破坏人们对外国作品中某些东西的感悟。翻译只能是逐字逐句。波德莱尔翻译的坡、雨果翻译的莎士比亚，在这方面都是令人惊叹的。双关语和无法翻译过来的笑话可以用注释来解释。

但这是年轻女人所采取的翻译方式——逐字逐句翻译！

不，这恰是她们所没有做的。她们以为自己在逐字逐句地翻译，但实际上她们没有。所有的人名，无论多么难以正确地发音，都必须严格地进行正确的翻译；但你没必要将俄里转换成公里，不用把卢布换算成法郎。我不懂俄里是什么、卢布是什么。但当我身在俄国时，我会明白这些词的意思。每句谚语都要逐字翻译，即使有时让人弄不太懂，也必须加注释加以解释。例如，德国有句谚语：应该骑上一匹已经飞奔的马。法国有句谚语：应该喝掉一瓶已经开封的酒。如果译者把马翻译成酒，那他就是个傻瓜，根本不理解自己要翻译的作品。在翻译中，只应使用严格的正统语言，而不能使用俚语和那些现代流行语言。翻译者的目的绝不应旨在消除一种外来的形象。如果我要把《小酒店》翻译成英语，我就应努力追求一种有力的、灵活的但较平淡的语言，一种——该怎么说呢？——现代爱迪生的风格。

什么，难道你不知道孟戴斯的故事？——楚斯什么时候想娶自己的妹妹？楚斯的母亲，似乎跑去与一个牧师同居了。可怜的年轻人备受折磨。他伤心欲绝。他去找孟戴斯，内心充满着忧伤，他决心坦然面对这一切，任由最坏的情况发生。在一番拐弯抹角并道歉之后，他终于说出了心里话。你们都知道孟戴斯，你们都能看到他微微一笑。他看着楚斯，脸色苍白如同雕刻出来的一般，他说："你母亲和什么样的人住在一起最好呢？年轻人，有什么规律可言吗？"

维克多·雨果是一个瓷器画家。他的诗是纯粹的装饰，长长的藤蔓和花朵。同样的东西一次次地重复。

怎样才能快乐！——不是去读波德莱尔和魏尔伦，也不是进新雅典娜咖啡馆，除非能像中产阶级那样玩多米诺骨牌。不要做任何会唤醒过于强烈的生活意识的事——去住在毫无生气的乡村，弄一家花园劳作劳作，娶个妻子，生些孩子，每天晚上静静地与家人闲谈一些生活琐事。昆虫贪婪地吞噬着杜鹃花，我们要让杜鹃花存活到明天，就要彻底地清洁它们。温顺的白嘴鸦已飞走了。母亲从教堂回来，她的祈祷书不见了，她认为是被人偷了。一个善良、忠厚而富裕的农民，他对政治一无所知，他一定接近幸福了吧——想一想还有一些人要教育他们，要将这些人从他们本能的平静的满足中拉出来，并赋予他们激情！慈善家是现代的尼禄。

第九章
一封女人的来信

为什么你不寄一封信呢？我们在过去的六个月中不停地给你写信，但没有回信——完全没有。哪怕你写一个字我也会好好保存。那个可怜的女看门人陷入了绝望。她说即使你只说你将回来，那么房东也将一直等着，或者说即使你只让我们知道你到底希望我们干什么。四分之三的租金已经到期了，一点你的消息都得不到，所以即将举行一次拍卖。看到那些粗暴的人在精致的地毯上践踏，我们的心几乎都要碎了，他们粗鲁的脸望着那块色彩鲜艳的美丽的英国印花布——然而马奈的那幅彩色粉笔画，像光环一样戴在脸上的大帽子——“眼睛在深红色的影子中显得深邃”，“这种狂热在心中扩散”（你看我正在引用你的句子），往下看着挂毯上的小天堂的女主人。她似乎对这种闯入很愤怒。我有一两次看着那双“深邃的深红色的眼睛”，期望它们能盛满眼泪。但没有什么能改变她伟大的尊严；她似乎看到了一切，但作为神，她保持着她的冷漠。

在拍卖的前一夜，我待在那儿。我看着那些书，记下那些我打算买的书——那些我们曾在大雪覆盖住了可怜的牧神的腿的时候一起阅读过的书，在结霜的草坪一起大笑时读过的书。我发现一大包信，我立即把它们毁了。你不应该那么粗心，我奇怪为什么男人总那么忽视他们的信件。

拍卖被宣布于一点开始进行。我戴着厚重的面纱，因为我不想被认出来；看门人当然认识我，但她是可靠的。那个可怜的老女人哭着，她看到你所有的那些可爱的东西要被拍卖，感到深深的遗憾。你还欠她100法郎，我已经付给她了。我们边谈论着你边等着，直到拍卖师到达。每一样东西都被拉下来了，墙上的挂毯、画，我送给你的那两个花瓶正放在桌子上等待着一锤定音。然后，那些人——那些家具商，上楼来，吐唾液，粗鲁地谈论着，他们污秽的声音向我袭来。他们用脚踩踏，争吵着，拖拉着那些东西。没有东西能够幸免。其中一个人举起那件日本人的晨衣，说着一些令人讨厌的笑话。然后那个拍卖师，他是一个有幽默感的人，回答说："如果在场的有女士的先生，我们将有一些有趣的出价。"我买了那幅粉笔画，我将保留它，并试着找一些使我丈夫满意的借口，把它们放好，但我给你寄去了一幅小画像，我希望你不要让它再被卖掉。那儿也有许多别的我很想买的东西，但我不敢——一架你过去常常弹奏圣歌的风琴，而我也曾随着音乐跳起华尔兹，还有那台我们从来看法不一的土耳其灯——但当我看见那光泽如缎的鞋子，那我为了让你参加上层舞会而赶夜路的鞋子，那盏你永远不会归还，但用钉子钉在你床一端的墙上，里面放上火柴的鞋子，我几乎被一种难以克制的渴望抓住要去偷了它。我不知道为什么，一个任性的女人。没有人，只除了你，会想到把那双光泽如缎的鞋子变成一个火柴盒。我在那个令人愉悦的舞会上穿了那双鞋。我们整夜一起跳舞，你也对我的丈夫解释了一下（在一瞬间我有点儿紧张害怕，但很快就恢复了），我们一起走，然后我们在温和的月光下坐在阳台上。我们看着肩章和煤油闪闪发光，光泽如缎的女式紧身胸衣，那苍白、狭窄的肩膀。我们梦到了公园沉重的黑暗，虚幻的光照射着草地，花的浓密芳香，山茶花的粉红。你还说了一句话："阳台上的山茶花好像快死了。"你那时很可怕，但你总是有办法将人指引到错误的道路上。那么难道你不记得我们是如何让仆人把小桌子搬出去，在房间里跳舞的？那顿晚餐真是迷人！我猜想正是因为那些隐约的记忆使我期望得到那双鞋，但我无法唤起足够的勇气买下它们，而那些可怕的人在将我与粉笔画上的人像做着比较。我想我的确看上去有点神秘，因为我用双层面纱遮住我的脸。那双鞋和其他许多东西一样被拍卖了——哦，卖给谁了呢？

所以，现在对你来说，你在杜尔公爵夫人街上的那处可爱而安全的地方对我来说也永远结束了，我们不会再次看到酒店里的牧神像了。我在想某一天去看看它，但街道太陡峭了；我的车夫建议我包好马的后腿。我相信这是巴黎最陡峭的一条路了。你的午餐会，我是多么高兴参加，费伊也非常高兴参加。我从电车上下来选择那条偏僻的街道是多么冒险和短视！男人们从不欣赏爱冒险的女人奔向自己。但把我的信留在那儿——我永远都不会原谅的。当我告诉费伊这些的时候，她说："你到底在期望什么？我警告过你不要向男人们卖弄风情。"以前我从未这样做过——从未。

巴黎还是和你坐在阳台听我给你念布朗宁的诗时一样。你从不喜欢他的诗集，我不能理解那是为什么。我找到了一首新的诗，相信我可以改变你的看法；你应当在这儿。房间里有紫丁香，映衬着柠檬色的天空，山峰显得十分美丽，长长的林荫道延伸进紫罗兰色的空气之中。

我们已经开始考虑今年我们要到什么地方去。去年我们去了P，一个迷人的地方，一个安静的乡村，但离一家娱乐场很近。我曾发过誓不去跳舞，因为我在这个季节里每个晚上都出去，但是这诱惑是无法抗拒的，我放弃了自己的誓言。那儿有两个年轻人，一个是B伯爵，另一个是G侯爵，是法国最高贵的家族之一，我丈夫的一个远方表亲。他写了一本书，人人都说这本书是近几年来最有趣的东西，这是地道的巴黎人说法。他非常注意我，引得我丈夫忌妒得发狂。我常常出去，和他坐在几块大石头中间，他很快就离开了我，这对我来说也许是种幸运。我们今年又要回到那里去；如果是这样，我希望你也来共度一个月。这里有一个极好的饭店，会让你十分舒适。我们还什么都没有决定。德公爵夫人将举行一场化装舞会，他们说这将成为最精彩的一件事。我不清楚什么钱不会花在这种活泼轻快的交谊舞上。我刚在家准备了迷人的装束。我打算装扮成丑角女人，你知道，这需要一条短裙和一顶小帽子。侯爵夫人曾在几天前举行过一个舞会。我和L一起跳交谊舞，正如你知道的，他跳得极好。他向我调情，但那当然是没用的，你知道的。

还有一天晚上，我们去看《铁匠》，这真是一部迷人的戏剧，我在读脚本；我不清楚到底我更喜欢哪个。我想着那部戏剧，但那本书也很好。这才是我心目中的小说。我是一个评判员，因为我读过所有的小说。但我一定不能谈文学，否则你会说出一些愚蠢的东西，我希望你不要发表那些诸如法国男人最聪明之类的愚蠢言论。我了解你，所以那不会影响到我的看法，说不定有人会在背后嘲笑你，那样我就会觉得舒服。几天前，侯爵夫人在这儿，她说她几乎不希望在有生之年再看到你，因为她觉得你讲的太荒唐了。哦，对了，她出了本书，我还没看过，但听说那书很低俗不堪。她到哪儿都带着小D——真让人太遗憾了。

好了，亲爱的朋友，给我写一封漂亮的信吧，告诉我你返回巴黎的日期。毫无疑问，在可恶的伦敦，你一定过得不快活。只有在巴黎，当个真真正正的巴黎人，你才能享受到最好的生活。回来吧，在香榭丽舍租个漂亮的公寓。你可以在公爵夫人开舞会那天回来，我会为你准备好请柬，到时候我们还可以一起跳舞。我一直都认为你是个疯狂的家伙，千真万确，你不说一声就跑掉了，又不说究竟会去哪里。哎，如果你只说给我听，你的一切都不会被泄露出去。我好想要一盏土耳其台灯。就此搁笔，你的……

真是情如其人：傲慢、空虚、愚蠢。不不不，不是愚蠢，只能算是狭隘，缺乏主见，还世俗，噢，多么世俗啊！然而却一点也不令人讨厌，她身上的某种强烈感情把她从中庸中拯救出来，而且给予她魅力。她一直都是一个感性的人，她用心地生活，她的感觉是如此敏锐、如此坦诚——就像一只停在纱窗上的小飞蛾。那会阻碍真诚吗？真诚似乎蕴藏在深刻的思想中。然而她，不用说，是不深刻的。她的脑子很少能敏捷活跃地转动，但是，她身上有那种无人能比的魅力。她总能说出非常聪明的、使我不能忘记的，而且很想写进书里的话。那不是头脑的力量，那只能依靠一种强烈的感觉——那是一种紧张激动的感觉。我不知道该如何形容那种感觉——或许是——因为她一直顺着自己的心而生活，即使有瑕疵也是微不足道的。事实上我们中任何人都不能做得比她更出色。记得我们第一次见面时，她机敏、幼小、讨人喜欢，简直就是一个感情丰富的小精灵。

那时我猜她长了双难看的手，结果真让人猜中了；可是在认识她一个月后，我就忘了她那双难看的手。如今七年的韶光已飞速流逝。那时的我血气方刚，我们之间曾经爆发过一场激烈的争吵！不过我们还是过了一段幸福的时光。她从来不忽略我，但也不干涉我，那也是她聪明可爱之处。我从来不曾真正赢得过她的芳心，终于有一次我做到了，真的！我一直很疑惑，她身上究竟有什么魅力如此吸引我，我想她不漂亮也不聪明，但我就是无法不思念她。我还不知道她是否喜欢我，但只要一想到她的好奇、激动，那无穷无尽的敏感、无处不在的敏感，我就会发疯般地思念那个敏感的精灵。我猜敏感就是她的魅力所在。我不知道她是否喜欢我，假如她恨她的丈夫的话，她会怎样接受我。没有人了解这一切。最后见她时，那个白痴的美国人正和她一起下楼。摆脱不了他，我只好躲到里沃利大街的柱子后面，我的手还按在马车门上。在那个时刻，她的确不能责备我——事实上，在我们交往期间，她常常充当诱惑者的角色，我的轻率和幼稚常常被她轻易地引出来；我相信她那样做无非是为了获得刺激。不过，在有些方面，她也会表现出异常的傻气，假如你一旦让她陷入一种特定的话题，如婚姻、头衔，她就会一天到晚地沉思不已。我永远也忘不了她哀悼尚博尔伯爵那件事。她的那些资产阶级透顶的品位和情趣，开不完的沙龙，嘈杂得让人忍无可忍的时髦大钟，花800法郎从圣日耳曼林荫大道买来的铜器，还有那橱柜，那豪华的棕色地毯，那些呈几何形分布在房间的家具周围，包括那巨大的镀金镜子、祖先的肖像画和那随处可见的猎枪、鸟冠顶饰，所有这一切都表现出她僵化了的资产阶级享乐观。毫无疑问，在那种环境的影响下，她对所有这一切的机械崇拜之情是极其怪异的。可是在这些粗俗的生活品位中，还有值得赞美的情趣，在那感情可以容忍的范围内，在某种程度上，腐败也变得合理化了，因为其中包含了一种反抗庸俗的情绪……

啊，啊，啊！我在做什么白日梦呀，不过要是没从这个美梦中清醒过来就好了。

尽管说得不是太明白，她的信还是能透露出我生活中的一些变化之处。它很好地说明了那天早晨发生在我身上的事情。几个月前的某天早上，仆人把夏天的蜂蜜和牛奶端到我床边，我同时也收到了一封恼人的信。信是我的代理人写来的，即使我知道他给我寄了张支票，我还是止不住地厌恶它。我憎恨一切形式的账户，而且已尽可能地躲避它，即使很清楚自己需要银行的户头。于是，那天早晨，蜂蜜和牛奶香味被破坏殆尽，而那香味曾一直能唤起我对鲜花和田野的热爱。就在那之后，我匆匆地穿上那件我只穿过那一次的精致的日式睡衣，然后开始读令人讨厌的信。

那些悲惨的农民和矿工或许不该接受忍饥挨饿的命运，我和他们一样，不该被剥夺在托多尼的继承权，那么我就不会被迫离开这个迷人的隐居处，离开我的猫咪和那条无比威武的巨蟒，或许这些可怜的小东西能在英国找到道义上的支持，还有那些怜悯和同情。

同情，所有卑鄙的美德中最卑鄙的一种，我对它一无所知。在我深爱的异样的世界里，它没出现过。外面的世界正企图终止一直以来占统治地位的那条可怕而简单的金科玉律：弱者一定会被踩在脚底，死了以后也不过是一撮灰尘；而强者一定具备了真正意义上的强势的品质——显赫、崇高。正是那资产阶级的享乐观，那对权力的重视，才呼唤了现代社会的到来。

自从那个苍白无力的名叫加利利的社会学家出现后，这个地球就一直在不安分地漂流。如此，我才憎恨他，并且拒绝承认他的学说。他的学说正在土崩瓦解，当他梦想的目标实现时，它就开始逐渐消散，继而他的信徒们也背他而去了。可怜的家伙！我从来不相信什么同情，当然也不会对你施加什么同情，无论你那正在滴血的脸、手、脚以及你那被高高吊起的躯干，还是你的艺术作品。它正以一种美丽的方式被那忧郁、昏暗的平庸簇拥着，而两千多年来你一直像旗帜一样朝这个方向漂流着。由此你终于发现了我们的命运是一致的，这样一来，虽然我不欣赏你，但也不能诅咒你了。的确，你的生命、你的命运已大大增强，变得更怪异、更神圣了，到达了其他男人都不曾企及的高度。那命中被选定的人，那花园，那出卖，那磨难和那关于玛利亚而与玛利亚无关的动人故事。上帝的陨落由玛利亚的上升而取代。尽管这个异样的世界充满了冷酷、夸耀、欲望和残忍，我的灵魂还是开始欢呼，为那伟大之神所不能达到的崇高而欢呼。

加入我的世界吧，你们这些弱者。上帝说话了，可怕的、毁灭性的话，在它降到人间之前，古人的上帝，他们谴责的罪恶，我崇敬的罪恶，现在都落在了人的世界。上帝的话响起来了，世界解释着上帝的话，盲目地、无知地、野蛮地解释着，已经有两千年了，但是从来没有接近过尽头——就像神圣的上帝预言的那样，而这神圣的预言的结尾今天在《帕尔摩报》上真正找到了自己的回应（尽管会有很多反对意见，我仍要这样说）。像你这样的人的命运会怎么样呢？被犹大在花园里出卖，被彼得在高昂的士兵面前否认，被无赖说破，被一个从良的荡妇哀悼，然后被送回到过去和贫瘠之中，没有任何变化，没有任何不同，在你屈辱的困境中，前方就是通往昌盛世界的马车和人类新思想的标志——太遗憾了。你的日子一天一天近了，但是现在的天堂却比以往更加激烈地燃烧着你的光芒——这光芒，我作为一个无神论者，站在旧世界边缘的人，要宣布它即将暗淡了，而接下来遗憾和公正的夜晚即将来到了，那就是20世纪。信差放弃了你的十字架，他们让你留在你那世界性的成功时日里，象征皇位的王冠正在暗淡，你的脸已经饱经风霜，可是你的手中甚至连一根象征点什么的芦苇草都没有；只有我和我的亲人在你的身边，我们将与你一起，在你创造的废墟中死去。

我们追崇不公正，所有将我们从生命的神秘中解脱出来的东西都是不公正的精华果实。每一种不道德的行为都是恐惧不公正的表现；这世界上的雄伟、成功、勇气、崇高的抱负，都是建立在不公正的基础上的。如果没有不公正，人也就不会成为人，因此，让我们向这短暂辉煌的真理——不公正致敬欢呼吧！我又何苦在意数以百万可怜的犹太人是在法老的鞭打下死去，还是在古埃及城的阳光下死去呢？所幸的是，他们死后我还有金字塔可以守候，抑或用惊奇去填满一个小时的沉思。我们当中谁可以改变那些死去的无知奴隶的生活？我在乎的难道是那些16岁的女仆的美德是安格尔的《泉》应得的价值吗？那个因嗜酒而死去的人，还有医院中的病人，与我应该拥有《泉》的必要性相比无关紧要，那是对纯真的高尚梦想，我思考着，直到我的灵魂充满了画家圣洁作品的快乐。而且我知道做错了什么事，数以万计的犹太人在痛苦中死去，一个女孩或者一千个女孩，仅仅是为了那个处女而死在医院里，正是这种附加的“快乐”——使我无法接受并宽恕。啊，为了那冷酷的法庭上的寂静，为了那高大的廊柱的阴影，为了金钱，为了百合花上网状的遮盖物，看看伟大的角斗士们走过的身影吧，听听他们那著名的呐喊“恺撒万岁”，将举起的大拇指放下吧，去看看那血流成河的惨状，去和那些被痛苦地囚禁的奴隶一起消磨沉闷的时间吧！啊，为了那些过激的行为，为了罪恶！我愿意用我的部分生命去保护波德莱尔的一首十四行诗；为了那首赞美诗，让欧洲每个家庭的第一个孩子都被杀害吧。我由衷地向大家宣布，我已经准备好斩杀在日本的或不论什么地方的所有日本人，来拯救葛饰北斋的一幅画免于被毁灭。我要再一次说，所有我们认为的这个世界历史的精华其实都是不公正的表现。并且可以肯定的是，如果人类没有马上放弃这世界上的虚荣、疯狂以及对公正的致命梦想，那么这世界将永远退步到未开化的状态中去。英格兰是美好而绚烂的，因为英格兰是公正的，英格兰最出色的儿子克伦威尔则是不公正的典型。

但是昔日英雄的时代已经过去了。我们头顶上的天空因情感主义而出现阴霾，我们脚下的泥土飞快地流失着，我们和废墟上随风狂舞的幕布一起奔跑着。所有的思想均不复存在了，除了弥撒，这盲目的、没有终止的、不知足的弥撒，没有留下任何东西让我们膜拜。我们面对着暮霭、沼泽，即将陷落在这腐烂的泥浆、深潭中的生物以及我们周围的灯芯草之中——这就是我们，一艘从古老的世界漂流而来的大船。啊，那个古老的世界，她的平原充满激情，她的平原在海中嬉戏，在那个世界里，特里同[1]吹着哀怨的风，森林里可以看到逃跑的仙女洁白的背影！我们厌倦了同情，厌倦了一切安好的状态，厌倦了眼泪和奔放的感情，而我们的避难所——大英博物馆就像宽广的沙滩和海上的风。在那里，肉体里涌动的是真正的快乐；我们的雕像都是裸体的，我们感到羞愧，我们的赤裸显得那样无礼：农神和仙女们映出了一种平等、直白的灵魂，这古老世界的灵魂是多么不可思议啊，毫无遮蔽的、充满感情的美女和权力者的灵魂！

1 古希腊神话中的海之信使，人身鱼尾，海神波塞冬之子。

第十章
英国人，法国人

但是，无论是阿波罗还是菩萨都不可能拯救我，他们一个以绝妙协调的姿势，像云雀歌唱永恒的美丽一般，轻巧地向前站立着；另一个则忧郁地坐在那里沉思，平静得像一个美丽的夜晚。我在那张肖像的眼中寻找悲伤——那美丽的肖像似乎被一个有鸟儿疾飞、嘶鸣以及大量秋天落叶的真实地方填满了。长满卷曲的蔷薇花的柱子，承受着缘饰以及窗帘的重量，像是被巨蟒吞噬着，这是我给它的最后一件东西。那只漂亮的白猫走到我身边。这一切必须过去，对我而言从此以后这必须是一个被舍弃的梦，这并不比一夏天的沉思更真实。所以就这样吧，就依我的性格，在没有告诉任何人的情况下，离开巴黎。在我的内心深处，我知道我将永远不会回来，但是我什么也没有说，而是继续着这种美好的错觉。我告诉我的看门人，说我将在一个月内回来，把所有的东西留下变卖，疯狂地拍卖，就像上一章我读到的信中那些迷人而难以取悦人的描述那样。我不只向马歇尔一个人透露过，我预感到巴黎必将走出我的生活，从此以后那段日子对我而言将是一段美丽的回忆，但也就是一段真实的快乐而已。我将不再和他一起生活。这是我第二次离开巴黎，但是不会再有任何侥幸了，马歇尔已经感觉到我要一个人生活，并且搬到了拉丁区，我们曾偶然到那里探险。我曾经陪他到过那古老神秘的房子，但是各种各样的囚犯把我们的朋友都吓跑了，而我也无法使自己对这新的环境产生任何兴趣。我觉得马歇尔已不像以前那样吸引我了。以我挑剔的眼光看来，他成长的背景有些平庸了。但我对他的感情依然像过去一样深厚和真诚；现在如果遇到他，我会紧握住他的手，内心充满坚定和忠诚的友谊。但是在新雅典娜咖啡馆，我结识了很多新朋友，他们的热情打动了我，我的思想被吸引了，而且对一些事物有了一些新的看法，可是这些都是马歇尔不感兴趣，甚至无法理解的。我曾经把他介绍给德加和马奈，他却大讲朱尔斯·勒菲弗尔和布格罗，并且常常表现出他自己并没有受过什么高等教育；他不可能进入我所进入的世界中，我们因此而疏远了。我们再也不会谈论同一种人。每当我说起某一个伯爵夫人的时候，他总是漠不关心地回答道："你真这样认为吗？"然后继续将我从锦衣玉食的生活拉回到贫民布衣的生活中。这已经不仅仅是疏远的问题，简直就是隔膜了。但他是我的朋友，而且依然是，也将永远是我的朋友，他曾经和我年轻的岁月和所有的青春梦想紧紧地连在一起。所以我要和他告别，也是和我的过去告别。

“当，当，当。”

“是谁?”

“我——乔治·摩尔。”

“我已经找到模特儿了。”

“别在乎你的模特儿，开开门，你怎么样？你在画什么?”

“就是这幅，你觉得怎么样?”

“构图很精美，我想就要完成了吧。我要去英格兰，来向你告别。”

“去英格兰？你在英格兰能做什么?”

“我不得不考虑钱的问题，虽然这让人讨厌。我真开始忘记有这样一个地方了。”

“但你不打算常待在那儿吧?”

“噢，是的。”

“你必须按时来美术学院看看。”

谈话转到艺术方面，我们探讨了一个小时的美学。最后马歇尔说:“我真的很遗憾，老家伙，但我不得不送你走了，模特儿还在那儿。”

那女孩坐在那里等着，浅色的头发披在背上，一个写满了不满的背影。

“打发她走吧。”

“我已经约了她去吃晚饭。”

“晚饭……她……好吧，没关系，最后一个晚上我必须和你在一起，你们两个和我一起用餐吧。明天早晨我就要离开巴黎了，可能要很长时间，我希望与我的朋友共度在巴黎的最后一个夜晚。如果你愿意，小姐，我邀请你们共进晚餐，你愿意和我共度这个夜晚吗？”

“非常愿意，先生。”

可怜的玛丽！我和马歇尔彼此之间以及在艺术上都相互吸引，一直就是这样。我们在一个饭馆用过餐，然后去了学生舞会。一切就像发生在昨天。我看到月亮驶过晴朗的星空，柏油路边马歇尔美丽修长有男子气概的身影和玛丽的美妙倩影。她是勒菲弗尔的克洛伊，每个人都知道她，她的结局是一出悲剧。她邀请他的朋友们赴宴，她用剩下的那些便士买了几包火柴，用水煮了汤喝了下去。没人知道是为什么，有些人说是因为爱。

我去伦敦时打着花哨的领带，戴着小帽子，身着肥大的裤子；我相信这样看起来就不像格雷万画中的英国人了。在毛利旅馆的吸烟室里，我和我的代理人会面，他有一个大鼻子，被拉上来的一撮头发盖住的秃头。在一番犹豫后，他解释道，我欠他几千块钱，账目在他的旅行箱里。我打算带这些去让一个律师审核一下，那个律师强烈建议我驳回这些债务。我没有照办，反而多给了他些钱，于是从眼前的角度考虑这件事就这样结束了。20岁到30岁这个年龄的意识最易受影响，这是意识和思维都很清醒的时候。我人生最易受影响的时期是在法国度过的，不是在英国居民中，而是在精粹的国民中。我不是一个漠不关心的旁观者，而是一个热情的具有奋斗精神的人。我从环境中认识自己，从种族和语言中唤醒自己，并且就像在新民族的温床上一样娱乐自己，接受了它的理想、它的精神、它的生活方式。我曾经做得那样好，以至于当我回到家乡时，每条街道的样子、郊区的花园对我来说都那么陌生，对伦敦人的生活方式我一无所知。我走进一间画室，但一切是那么遥远——一个梦，一种伤感，没有其他了。我感觉不到任何东西，我遇到的那些想法、那些感情都是我所不理解，也不赞同的。那时，我觉得一个英国人远远不同于一个绅士应该做的那样。女人比男人更接近我。我要利用这次机会留意观察，因为我不知道还有别的什么人观察过两个民族在男人间有而在女人间无的不同。法国女人和英国女人在心理上是十分相似的，她们看待生活的立场相同，相同的想法吸引并且愉悦她们。但是法国男人的观点和英国男人的恰恰相反，他们像站在巨大深渊的两岸，是两种不同颜色、不同体态和气质的动物——两种思想注定存在分歧和不同。

我曾听说过有能很好地说和写两种语言的人，但是如果我在法国待到两年以上，我就再也不能认同这种我正在用着的语言，我写起来会像一个外国人。我是在前两年开始忘记英语的，我很清楚地记得那一天，那天正在排演我和我朋友写的戏剧，我如此惊奇地发现我用法语比用英语更容易、更快，我能几乎不出错地写一首十四行诗或三节联韵诗，但是我的散文需要大量的改动。当我回到伦敦后，我能写英文诗歌，但哪怕只是一般的报纸文章我也写不好了，我曾尝试写一篇小说，也以失败而告终。

关于我在两种语言上的知识，或者说知识缺乏，下面可以举例来看。下面这首诗是一天晚上我在新雅典娜咖啡馆大声翻译给卡巴纳听的：

我们是孤独的，有那么一会儿，
听着，
不一会儿就会听到
为何你有疲倦的容颜；
为何我对你的爱比他人更甚；
他们只是为你的双眸
——那一抹灰色的香甜的娇柔，
为你优雅的姿态，
为那些一时的兴致，
那些恋者天真的理由。
我意不仅如是，
倾听我的缘由：
我沉醉于夕阳下的山坡，
越过无助的命数，
在温柔婉转的唱词间，

留给天堂忧郁的安宁，

和圣诗般赞美的多彩。

你的生命像透过黑夜妖艳的梦幻似的凋零，

你将在温和夜间的宁静中离去……

我将拥有你要离去的这段时光，

我的爱足以享有这份礼物，

我要求这些，

尽管我从未爱恋如斯。

我想我会爱你，

因为死神的翅膀向你伸开，

他以你作为他的荣耀。

我会认识到爱是如此短促，

爱意的忧伤生长成叹息，

这叹息使每一处欢乐、每一种魅力圣洁，

超越所有其他的爱。

大概我的灵魂斥责它的热情，

爱或许不仅仅如此，

看你的生命如紫罗兰般凋谢，

或者某些甜美的思想逝去变得生疏，

还有远远超过一般人情感的昂贵的欢乐。

听着：

我要选择一处村间，

那里黑麦和小麦延展在沙沙作响的黄色原野上，
偶尔被树木覆盖的小山或者阔叶树下的小径打断；
在秋季晴朗的晚上，
每个人都会看到我们的脚步走近，
一直走到那棵橘树；
花园很长，
你不时依在我的胸膛上休息，
有着疲倦但皎洁的脸庞，
然后我抱着你劳乏的身体，
走向窗台边的沙发，
这样当空气中充满了花香气味，
你可以享用最后余下的夜的光辉。
我的心将被撕裂，
在这痛苦的时光，
忧伤的日子，
当它离去时又会蓬勃生长。
当神圣的夜悄悄走向你，
你将永远永远甜甜地睡去，
得到宁静和想要的色彩。
把你安置在红玫瑰花地的下面，
日日夜夜我将在你脸上留下大滴的泪水。
我在这里将沉思、忧郁、梦想，

为你写下成卷的诗集。

你能远离一切的低俗欲望是我所乐于知晓的，

正如那黄昏时悬于广阔天际中明亮的星星；

死亡只需一瞬间，是的，你的毁灭带给我无限的安宁；

而这种安宁的拥有是人们在世俗的死亡中无法感受到的。

一首名为《九月之夜》的诗讲的是在枫丹白露树林里一段非柏拉图式的遭遇，而读者可能会感兴趣的是，听到那个贵妇的面容与体形依旧保留着春日愉快的回忆。唉，尽管她从前的情人已经倒在了枯树叶中。

九月之夜

今夜寂静无声，

在一缕奇异的微光中，

轻柔舒缓，

月亮如花般地在梦乡里。

在山间，在海边，

在高耸的参天大树下，

我已逝去的爱重又燃起激情。

你的眼睛，你的身躯，带着渴望。

我是你的亲密爱人，你的金发美人
在你的亲吻下，激情涌荡，
我们两情相依，心心相印，
爱的情愫，骤然倾泻。

世间难有永恒，唯有你的温唇常相伴；
万物变迁无常，唯有你的轻抚永留存。
你给了我爱的激情，
像血结成的果实。

你用绿色的眼睛望着我：我爱你
那如弯月般清澈的眼眸，
只有此时我才能看到你的美丽，
那世间少有的身姿。

在莱顿男爵的画前

她们在梦想什么？是花，
是树荫、星星，还是眼泪？
那些温柔的女人在梦想什么？
是她们的爱情，还是她们的灵魂？

床仿佛要倒下似的，

她们在做着甜蜜的梦，

在卵形的大窗里，

在灰暗的天空下就像一颗颗鹅卵石。

在鲁本斯的画前

在她优雅光泽的皮肤下，

她像一朵花一样生活着，

那种透明的色彩

使人回想起花的芳香。

令人远离肉欲的情感，

鲁本斯，他忘掉了现实的世界，

感觉到了从她身上

表现出来的永恒的生命。

她的思想从她的手，

她的姿势、她的画中显现出来，

她的眼中充满了

能够直射人们心灵深处的深邃。

然而，对于所有沉浸在痛苦中的灵魂，

她是那么高傲平静地沉默，

她是这个虚幻、转瞬即逝的生命中
最高、最完美的形象。

诗集中的诗句

我在我的思想中看到了你的双手，
柔嫩带着露水的双手。
我看到你的左手
像安格尔的画一般放在胸前，
我们之中有一张
他手绘的美丽画卷。

往日的甜蜜

当海员们从他们的囚禁之所中
注视着那灰色模糊的海岸线时，
我指望着往日可以重现，
快乐可以大堆地涌来，
就像大批从栖所飞出的白色海鸟。

我不喜欢不雅的现状，
未来对于我们又是未知，
今天是粗俗人过的生活，
但往日却是避风的港湾，

往日的一切都是最美好的。

往日自开的玫瑰
比今日强折的更为美丽，
神坛上摆放着我们用于祈祷
所信奉的神秘思想的祭品，
也更神圣、更纯洁、更合适。

往日一切皆永恒不变，
庄严与寂静；
一切不幸皆因天数，
一切希望生命皆助其实现，
只有对灾难的轻轻躲避。

现在唯有粗俗的快乐时光，
引诱、放荡和堕落，
我们沉湎于瞬时即逝的繁荣，
我们清楚地知道，我们的肉体
都难逃入土的命运。

但我们迟早都要回到那不幸中，
那充满着无限怀念而

深爱着的巢穴的不幸中，
我们哭喊着，过去才有安息，过去才有安息
在过去，快乐才是世间最美妙的。

怀乡病

梦里常见那美好的过去，
　在夏日困顿的荫凉处，
在那荒野的山榉树下，
　牧羊人躺着，轻轻弹奏着柔和的音乐，
给纯洁而胆怯的少女们听，
　她们正兴高采烈地聚拢所有的东西，
她们柔软白皙的手指，
　就像世外桃源里白色的树叶。
当时的男人与现在不同，
　他们不会被世俗的信条所困惑和吓倒，
他们不寻找，也不想知道结局，
　就像被磁铁牵引，
他们也不用手珠来预见未来，
　也不絮叨他们的悲喜，
而只是在那世外桃源的舒适的草地上
　放飞自己。

未来或对或错，

　现实确是毫无希望的错误，

因为生命和爱情已失去了喜悦，

　就连我们的歌曲都更凄凉；

苍白的怀疑年复一年增强，

　只有死亡似乎是我们要忍受的一切。

我们就这样怀着一颗疲倦的心，

　渴望着过去美好的世外桃源。

使　者

荣誉和胜利永不停息，

　但人们可能在发出天空和大海的声音，

有一样东西已经永远失去，

　那就是过去美好的世外桃源的——和平。

对我来说创作更多的英语和法语诗并不难，因为年轻时我坚信自己是个诗人；问题只在于我的思维是法语的还是英语的。但是哪些能用来出版？因为我已经有好多年未写过诗了，而且很有可能再也不写了。而在我写这些诗时，过去的一首诗在我的记忆中浮现出来，它在这里出现是再合适不过的了。我正在构思一首十四行诗，在其中我将一部五幕话剧《路德》题献给斯温伯恩。

我给你带来了我的故事，啊，美丽的诗！

就像小学生交给老师的作文。

在我的思想中，这本我引以为豪的书带着你的光辉烙印。

接受吧，你将看到我那掺杂着负罪感的诚意，

被圣洁的血所玷污，当古老的撒克逊民族的救世主突然出现时，

路德之对于温特伯格正如耶稣之对于索里莫。

整个社会中的罪恶从来不会消失，

不幸的是，你的祭坛在黑夜中生烟，

但我们的时代像黎明的曙光一样充满希望。

这是多么圣洁的呼唤，就像是永恒的歌唱，

你的呼唤声，为了那迟来的新时代的诞生，

带着光辉，撕开了天空中散布的阴霾。

第十一章

体面毁灭了艺术

因此，正是当我在斯特兰德一所寄宿房子中安顿下来，准备接受文学生涯的艰难时，我才相信玩乐时间已经过去，并且急于证明（直接证明）我的能力或无能。一本书！不。我需要一个立即的答案：新闻业可以提供这个答案，所以我可以从事新闻。因此我会尝试着让自己适应斯特兰德的房子。但是，是什么让我住在这样的房子里？是机会，还是朋友的推荐？它既不舒适又难看，而且不是非常干净，但很新奇，若仔细看，会觉得每样东西都很新奇。让我来描述一下我的房间。起居室的长度远远大于宽度，镶嵌着浅棕色的棕板。在它后面是个大大的卧室，中间有一张床。起居室的隔壁是个小卧室，这间卧室以每礼拜10先令的价格出租；而墙薄得我可以听到隔壁一切的动静，距离近得让我无法忍受，以至于我最终决定把租金增加10先令，租下这间房子，我一个人就可以占据这整套房了。我楼上的房间里住着一个漂亮的女人，她是萨瓦剧院的演员。她有一架钢琴，她常常在早上一边弹琴一边唱歌。到了下午，她的朋友们——剧院的一些女孩子——经常来看她。艾玛，她的女佣，则给她们倒茶。哦！这些欢笑的闲人。可怜的L小姐，她每个礼拜只有2先令，不过她总是情绪高昂，除了她不能负担钢琴的租赁费时。我相信，她现在一定会回想起以往的种种快乐时光。

她是个高个子女孩，有纤长的手指。她的眼睛是棕色的，很大。她是个喜欢年轻男人的犹太女人，总希望吉尔伯特先生在他的下一场歌剧中给她一席之地。她从剧院回来时，我们常常在楼梯上聊天，直到深更半夜。聊什么呢？聊我们的女房东，聊剧院，聊我们最能享受生活的方式。一天晚上，她告诉我她已经结婚了，我用一种同情的语气问她为何不跟她的先生住在一起，她告诉了我他们分开的原因，理由很充分，后来她还透露给我许多他们分开的理由，但这些都被我忘记了。女房东憎恨我们的亲密，我相信L小姐因为与我谈话而受到了间接指责。

一楼有一间很大的会客厅，一间卧室，单人房总是租不出去。女房东的客厅在底楼，在她卧室的旁边是厨房楼梯的进口，从那里可以上到S夫人的孩子的房间，里面充斥着火腿与鸡蛋的多种气味。

艾玛，我记得你——你是不会被遗忘的——每天早上五点开始，擦拭，洗涤，做饭，帮孩子们穿衣服，每天至少有七个钟头在女房东和房客的呼来唤去之下度过，又有七个钟头在厨房里忙出忙进，拿着煤、早饭、热水冲上楼。或者在壁炉前跪下，用手把煤渣掏出来——我可以把它们叫作手吗？那些房客有时候对你和颜悦色，但是从来没有一个人把你当成亲人，只有对狗一样的怜悯。

我还常常问你各种残酷的问题，我非常想知道你陷入，或者更不如说你从来就没有出来过的动物化程度有多深。你通常回答得很无辜、很天真。不过有时候我的言语太过犀利，它们会冲破种种的阻隔到达本质，到达人性本身，这时你有点儿畏缩。不过这是很少有的，因为你几乎，哦，几乎就是一个动物，你的脾气、你的才智就像是偶尔遇到一个主人的狗一样，他不是你真正的主人，而是暂时的，他可以随时把你丢出去。狄更斯会同情你或嘲笑你；我两者都不会做，而只是把你当成一种文明的事实。你看上去——好吧，坦白地说，你看起来既不年轻也不老；辛劳的工作已经除去岁月的细痕，让你停留在30岁出头。你的头发是红棕色的，你的脸上有着那种英国式的平静和诚实。剩下的你就只有那令人乏味的衣服了，当你冲上楼的时候，我看到的是看起来不像是腿的腿，你那急匆匆的样子倒像是一匹干重活的马。我对你吼过，也听到别人对你吼过，但是从来没有看到你那笑盈盈的脸失去那完美和不变的和蔼，那张甜甜的脸——那种甜美，自然的美是多么惊人。我的言语无法传达现实中真实的可怕感觉。对你来说，生活只意味着：出生在一个贫民窟，在出租的房子里每天都要工作达17个钟头；作为一个伦敦人，只知道自己所出生的贫民窟和斯特兰德街上为数不多的、女房东常去购物的一些商店。对伦敦的一无所知意味着你从来不知道什么是英格兰。英国和伦敦！你分辨不清它们。英格兰到底是一个岛还是一座山？你不知道。我记得当你知道L小姐要去美国时，你问我——问题令人吃惊——“她要走一整夜吗?”你曾经听人们谈论过整夜旅行，这就是你对旅行的全部了解，或者说对斯特兰德之外的任何地方的认识。我问你去不去教堂，你说:“不，它会伤害我的眼睛。”我说:“可你又不读书，你不认字啊。”“是的，不过我必须看看书。”我问你是否听说过上帝——你没有，但每当我提到这件事，你总以为我在嘲笑你，你就不会回答了，但是当我再一次试着问你这些问题时，我可以看出，女房东已经教了你该说些什么。但你没有理解，你意识到的无知，在最近几天才意识到的无知，比你回答我说你不能去教堂，因为那会损坏你的眼睛时的无意识的无知更可悲。一无所知是件很奇怪的事。比如，住在伦敦却不知道众议院在哪里，不知道女王是谁，只知道她是个有钱的女人。那些警察——是的，你知道警察是什么，因为你过去常常被送去抓让风琴手或者中世纪游吟诗人勇往直前的人。只知道黑暗的厨房、壁炉、鸡蛋、熏猪肉、脏兮兮的孩子们，每天工作17个小时，还被骗去自己的工资。当有人问你为什么得不到自己的工资，为什么在没拿到薪水时不离开时，你的回答是:“因为我不知道没有我S夫人怎么办。”

我想，这个女人欠你40英镑，这是我从你告诉我的话计算出来的，而现在你并不想离开她，因为你不知道没有你她怎么办。令人吃惊的愚蠢！在这点上你的智力停滞了。我记得你曾经谈到过半日休假。我问了你，发现你所谓的半日休假只是带孩子们出去散步，给他们买糖吃。我把这些告诉我的兄弟，他说——艾玛出去过半日休假！你为什么不给骡子一个休假？这句话是粗鲁了点，不过它的确是极好地描述了你。是的，你是只骡子，顽固得讲不通道理。你是只困兽，除了工作什么都不会。试想一下可能发生的情况：那个有一打孩子的胖房东肯定会让你一天工作17个小时，然后骗掉你那少得可怜的工资。你没有朋友，除了那些被遗弃的小猫小狗外再没有任何朋友。你曾向我提起你那在马铃薯仓库工作的兄弟，我十分怀疑他的处境是否和你一样糟糕。可怜的艾玛，我永远都不会忘记你善良的心地和永不消失的幽默感，你生来就像一朵芳香的玫瑰——虽然你还没意识到自己的美好。你被胖房东带回来，犹如一朵被折下后粘在充满烟臭味的大衣上的玫瑰，枯萎时就被扔出大门，或者在还盛开时被泡成花茶喝掉。你看不到任何希望，甚至连稍多一点的报酬或稍好一点的对待都得不到。这40英镑，即使给你也无法为你带来好运。他们会把你当成无业游民般对待，在你耳边不停地嘲讽。他们的这些话会逼疯你，因为你善良的心渴望着温柔的言语。他花光你的钱后，会将你抛入无情的绝望中，从此以后酒馆和湖边会是你常去的地方。你应该聪明到可以预见自己最好的归宿就是现在。我们无法控制痛苦的增加，也同样无法减少痛苦。所以你应有自知之明，现在有谁还相信博爱？

“进来。”

“哦，是你呀，艾玛。”

“先生，今晚你准备在家用餐吗？”

“有些什么？”

“排骨或牛排。”

“还有其他什么吗？”

“有的，牛排、排骨或——”

“好了，我知道了，那我吃排骨吧。哦，艾玛，告诉我，你和那位年轻人怎样了？听说你结识了一个，那晚你和他出去了。”

“谁告诉您的？”

“不要介意，我总能知道所有的事情。”

“我知道，从L小姐那里。”

“好了，告诉我你是怎么遇见他的，谁介绍的？”

“是经过会议大厦时遇见的，那时我在喝酒，因为过了晚饭时间。”

“他说了什么？”

“他问我是否订婚了，所以他那晚就来到我门前。”

“然后就带你出去了？”

“是的。”

“你们去了哪里？”

“我们在岸边散了一会儿步。”

“那他什么时候又来了呢?”

“他本来说他昨晚会来，但他没有。”

“为什么呢?”

“我不知道，我想也许是因为我没有时间和他出去。哦，是L小姐告诉你的吧，你们在楼梯上谈话了，我猜你喜欢和她聊天吧。”

“我喜欢和每个人聊天，艾玛，我也喜欢和你聊天。”

“是，但不像你和她聊天那样。听说你最近过得不错。L小姐今天早上说她最近两天晚上没见到你——你已经忘掉她了，我要告诉她。”

“好吧，我今晚就去找她聊天。”

“小姐对此会发狂的，她什么也不敢说，因为她认为你会去的。”

一个年轻男子如果在充满女人的房间里一定非常不受欢迎，除非他十分吸引女人的目光。我可以肯定自己至少是这间屋子里的兴趣点；我发现在那里行善并不像多数年轻人所想象的那样不受欢迎。那个胖房东在我门口踱来踱去，我为了避开她而找到了新欢——一个漂亮的女演员。我和她经常在楼梯上碰面，她更爱我，不过我们的亲密接触是奇怪的、微妙的，因为这完全是纯洁的，即使知道在仆人的梦中她应该是一个明星或一个我无法企及的人物也不让人不愉快。房东婆的女儿，一个15岁的调皮小姑娘，经常尖叫着提醒我："这幢房子不是贵族式的。"这是真的。但我总是回答，它并不让人不舒服。我也不相信哪一个年轻人，不管他多么有教养，会认为这里不好。

我住在西西尔大街的那几年——仅仅过去没几年，但我已经开始谈论它们了，或者准确地说，那些可怕的经历没有让我陷入更痛苦的境地，反而让我进入了真实的生活。我之所以能记住西西尔大街，是因为对它的回忆给我带来一些骄傲。我住在那里的时候一星期需要2英镑，而且我是在那里决定走上文学之路的。我仅有的一些财产在那段时间里慢慢花光，想在文学上挣得养家糊口的钱需要经历痛苦的磨炼，特别是我，那时我还写不出可以变成铅字的英语，仅仅能写一些既不像英语也不像法语的大白话。就是在西西尔大街的那幢房子里我开始创作《现代情人》，从早写到晚，随后出去了解伦敦，去学习去吸收，努力成为散乱无序的伦敦民众中的一员。要描写伦敦就必须忘记巴黎，把我记忆中的林荫大道上的树和报亭都忘记。说起报亭，巴黎没有什么能和它们相比。年长的妇女坐在放满报纸的支架前，匆匆而过的男子买了一份报纸又向咖啡馆走去或干脆坐在椅子上看。

这一幕幕场景是我走出破败的西西尔大街，进入斯特兰德的路上我的心灵之眼看到的，我拐而向东，在各种不同的地方闲逛，漫步于街角肮脏的民居。这使我想起自己离新雅典娜已经有多远了。那是我怀念的一家咖啡馆。那里欢乐的生活，随意的生活，与我为了激情而自找麻烦的现在完全不同。七点到八点，我在餐馆中用烤羊肉填饱了肚子，看着不同圈子的人，看着每一个相似的顾客，同时吃着马铃薯和蔬菜。“马铃薯加蔬菜。”第二个侍者大叫。我经常考虑这个问题：为什么是马铃薯和蔬菜呢？马铃薯不是蔬菜吗？严格地说，马铃薯是块茎。这些餐馆从七点到八点都很好，你在这里或者会遇见一个与一家报社有联系的人，或是一个想聊天的忧郁诗人，但对我来说，九点以后的伦敦就是一个荒凉所在了。我边走边想着那个被我遗弃的咖啡馆，当然也有美人鱼酒馆，那是伊丽莎白时代的诗人创作的地方，就像我们在巴黎的新雅典娜所做的那样。但伦敦已经失去了她的小酒馆。

大约70年前，俱乐部代替了小酒馆，从那以后，各种文学交流活动在伦敦都停止了。很多文学俱乐部成立了，它们的皮椅很有些年代，可以做戈斯先生的父亲了；可小酒馆才是维永和马洛的世界。这也没什么值得奇怪的。那里所需要的就是热情和自在。酒馆最特别的就是炉膛里发出的像人轻微鼻息般的声音，皮椅则恭敬地围在周边。有人见过这么快乐的俱乐部吗？有人能想象出这样的东西吗？俱乐部不能没有红木桌子，红木桌子上则不能没有杂志——当然是《朗文》杂志，上面有赖德·哈格德[1]的连载小说《十九世纪》，还刊登着W. E. 格拉德斯

1 赖德·哈格德（1856—1925），英国小说家，曾在南非居住，主要作品有非洲冒险小说《所罗门王的宝藏》和《她》等。

通的文章《现代社会男妓的复兴》。这是高尚灵魂的净化器、热情放荡的倾泻剂。换句话说，就是每年让你花费1000英镑。每个俱乐部都有身穿红绒衣、手托银托盘的服务生，但你不能带女人去俱乐部，可人们在角落里谈论的却是她们，所以我说俱乐部很无聊。

当家变得应有尽有时，丈夫很难跟他妻子说要去酒馆。每个人都可以去酒馆，那里应是来者不拒的地方。而俱乐部本就源于对家庭主妇的不尊重。

现在当然所有人都值得尊敬——赌徒、男演员，甚至女演员。肯德尔夫人带着她的孩子去看公爵夫人，与淘气的合唱班女孩子一起喝茶，告诉她们受人尊敬的快乐。只剩一个阶层仍然不受尊重，不过不久以后这也将改变。这种变化怎么发生我不能肯定，但我知道会有一两个编辑乐于就这个问题写篇文章。

受人尊敬！——乡间别墅，画室中的钢琴，回家进餐。这些事情无疑非常美妙，但它们并不能激起强烈的感觉和心灵的热情。因为艺术本来就是对人所存在的兽性的一种反抗。而艺术家的一生更是对所谓体面生活的抗议。最好的抗议就是光顾酒馆而少去俱乐部。以前艺术家都是流浪者，只是在最近他们才被驯化了。从结果来判断，很明显，如果玩世不恭的思想不是必需的，那么至少也应是一种辅助。因为如果长期的封闭和放荡不羁不是有助于净化思想的一种方式，那为什么它们一直是他们思想的特征？如果情人不是诗人、小说家、女演员的发展所必需的，那他们——萨福、乔治·艾略特、乔治·桑、拉斐尔、萨拉为什么都有情人？但善良的肯德尔夫人白天抚养孩子，晚上则扮演罗莎琳德。真是可笑的行为！为实现这种变化，女人不得不犯罪，只有通过罪恶才能了解纯真的魅力。女人必须有很多情人才能演罗莎琳德，如果她被迫在雨中苦等或被打，那她就会受足够的罪，并在苦难中证明自己能胜任这个角色。萨拉从不假装贞洁，但她把自己的儿子介绍给了一个英国公爵夫人，并且为了里奇潘的爱而背弃了国家。因而，她所能说的只是——

> 它不再是我血管中隐藏的热情，
> 它是维纳斯，整个地与她的猎物捆绑在一起。

斯温伯恩，当他在伦敦避难时，还是一个可爱的小人物，写了《诗与民谣》和《素朴的诗》。自从他住到普特内后，他开始为《十九世纪》撰稿，并出版了一本名为《诗的世纪》的小诗集，其中延续了他对母亲和大海的悲叹。

所谓的体面正消除着生活中的美妙，民族特色也在消失。高原上的苏格兰裙渐渐消失，南部的衬衫也是如此，甚至连日本人也成了基督徒而受人尊敬。再过25年，丝帽和钢琴会出现在江户的每家每户。很自然，世界将趋于全球化。当莫里斯先生谈到世界社会主义化时艺术将民主化时，我想问的是那些不幸的人从哪里得到灵感？今天我们的处境已经很可怜了，公爵、混子、演员没有多大区别。他们穿着相同的衣服，在同样的俱乐部吃饭，发同样的誓言，说着一样蹩脚的英语，还喜欢一样的女人。这些已经够无聊的了，还有更意想不到的事情会发生，当无贫无富都可以接受教育，而自我教育结束的时候，那才是难以想象的无聊。一个可以想到的可怕的世界，比但丁《神曲》里的地狱最底层还要糟得多，还更黑暗、无助。饥馑、瘟疫、战争等与正威胁着我们的通用教育相比，都只不过是温和、优雅的象征物了。通用教育已经阉割了19世纪最后25年的天才，在将来也将造成无数的夭折。教育，我在你那可怕的名字前战栗。尼禄或卡利古拉的残酷统治也只不过导致圆形剧场出现了被压碎的四肢。而你，教育，是渴望的灵魂，病态的生活，疯狂的不满，所有恐惧和无法计量的心灵痛苦。当歌德说“更多的光”时，他说出了人的嘴所能说出的最邪恶、最污浊的话。在古代，当人们过于高度文明后，从北方来的野蛮人就用黑暗统治了他们。现在已没有什么野蛮人。我相信我们迟早要用立法结束罪恶——阻力无疑是很严峻的，格拉德斯通和莫利这样的人会不择手段来反对这项议案；但它将依然被爱国的保守党人和工党多数通过，宪法中将这样写道：只有不超过百分之一的孩子可以学读写，只有千分之一的孩子可以学钢琴。

这样将是体面的终结，但真正的终结还有很长的路。我们正处于一个颓废时期，正变得越来越愤世嫉俗。古时的神正降临在我们周围，我们已经没多少东西可以提升我们的心灵和精神，在废墟之中我们只得到了势利，感谢上苍，只有势利牢牢铭刻在我们英国人心中。势利现在成了民主浪潮中胜利的方舟。古代的信仰就长眠于他的胸中，大潮平息之后，他将唤醒它。

同时，体面已经毁了酒馆，创建了俱乐部的体面将继续对文学施加一种世俗、腐蚀性的影响。所有思想和表达的勇敢都已经被踏灭，而习俗则受到虔诚的尊重。人们一直在说，说了不下一千次：艺术只是某一时代的反映。的确如此，只是某些时代比其他时代更有趣，因此产生出更好的艺术，就如同适当的季节能产更好的粮食一样。我们在新雅典娜听人讲民主运动，换句话说，体面，再换句话说，教育，是如何消灭了手工艺术。人们承认，在更个人化的艺术领域——如绘画和诗——经常发现有人奉献一生去追求一幅画或一首诗：但毕竟没有一个人可以无限超越他所处的时代，也不能完全摒弃那个时代，他必须从某个地方获取甘泉，只沉思过去是不够的。虚无给他带来的压力就像跳水者头上的水花；他迟早会变得疲乏，要游到水面呼吸。他像一条被水下的鳖和天空的鸟追逐的飞鱼。他并不比他那些更加自由和强壮的先辈潜得深或飞得高。19世纪的勇敢精神实际上在16世纪只是一种胆怯、温和的灵魂。我们想要骚乱和战争来给我们遗忘，想要在高贵的和平时刻来享受一个吻，但我们却要在七点待在家里吃晚饭，不说也不做任何可能惊动邻居的事。体面已经伤害了社会，没有一个地方可以完全摆脱它的吸引。别墅的力量是巨大的，艺术、科学、政治、宗教都要改变以适合它的要求。别墅走向了学士院，别墅走向了剧院，因此当今的艺术都是现实主义的；不是思想上伟大的现实主义而是纯粹的物质主义现实；不是彼得·德·霍赫深刻的诗，而是佛里斯的鄙陋；不是巴尔扎克那种高尚的现实主义，而是彩照式的低劣的自然主义。

没有什么地方比伦敦剧院更能显示出艺术堕落的悲哀景象。别墅里生活奢侈的居民希望得到极大的刺激以助他们迟钝的消化，一个坐在戏院的正厅和高座里的无知民众，在虚情假意的傻瓜故事所反映的悲伤命运中忘记了生活的苦难。还有哪个时代像我们的时代一样庸俗和平凡？很难想象伊丽莎白时代的观众比为彼得的剧本鼓掌的观众聪明，实际上我们发现很难相信一个能耐着性子看完《爱德华二世》的人，可以在《在底层》和《海港之光》这样庸俗的文学作品中找到乐趣。艺术的萎缩正使我们烦恼，我们正失去我们对美的精细感觉。玫瑰正在变成荆棘，我不想谈那些优美的老掉牙的故事，每个剧本都会使用的那些故事，我也不会谈过时的角色——从早到晚在古堡里数金子的守财奴，一个衣衫不整的妇女被他莫名其妙地关在地窖里。让所有这一切都被忘却吧。我们不能争论人物性格的种种因素，守财奴和古老的城堡是真实的，但并不比构成人类存在的百万事件更真实。我也不想费神分别考虑这些事情，而是谈谈对它们的可悲使用，以及从它们中引发出的粗俗结构和对话的贫乏。

不是事物本身，而是事物体现的思想唤起了思想。叔本华是对的；我们不需要事物，而是需要事物的思想。事物本身是没有价值的；用圣洁的装饰品装饰它的道德作家就像左拉一样应受谴责，后者则把它装饰成色情的图饰。我们希望思想从模糊的事物中脱颖而出，而这最好通过象征来完成。象征，或事物本身，这是伟大的艺术问题。在很早的时代，它就是象征；一个名字，一根羽毛，都足以唤起思想。现在我们什么也没唤起，因为我们给了一切，戏剧再也不需要观众想象力的参与。在莎士比亚时代，为了靠剧院创造财富，唯一必要的就是在戏板上写道："宫殿里的豪华套房。"这无疑是幼稚的，而且非常野蛮，但这远远比靠着奇怪的考古学在舞台上建造总督宫殿要好。靠着一根粗大的柱子，靠着一些与固定的吊船相连接的突起的栏杆，我们应该努力去唤起威尼斯城的灵魂。通过神奇的、绝无仅有的选择，挑选出一种思想的微妙而出人意料的特征或景色的一方面，而不是靠堆砌琐碎的细节，是所有伟大诗歌取得成功的原因：

在风平浪静的内陆海，
在一块沙子、遗迹和金子铺成的土地上。

还有更好的例子：

天哪，喇叭声在树林里悲鸣。

阿弗雷德·德·维尼曾经写过真正的诗。作为一个伟大的诗人，莎士比亚有意无意地比其他任何诗人都更忠实地观察到这些艺术法则；而作为当今时代的特征，我们发现恰是在上演他的剧本时违背这些原则最厉害。我在到达伦敦后的几个晚上就得到了关于这一点的证据。我从来没看过莎士比亚剧本的演出。我去剧院，在那里，我看到那首精美的情诗——因为《罗密欧与朱丽叶》不过是对话体的情歌，在丝绸、毛毯和金字塔式的建筑中表演出来了，一个粗俗的女演员只会取悦于粗俗、无知的大众的热情。我厌恶这一切，我渴望一些布景提示，两个纯洁灵魂的诵唱为两个大家族的和谐而牺牲。我憎恨的不是扮演男主角的那个男人的时代，而只是关心他的个性对我的冒犯，想认识诗人非凡的想象。那个妇女，我也希望我的整个灵魂都离开她，尽管她也是敏感和奇特的。我渴望年轻成为过去时代的一部分：一个巧妙装饰的年轻人，将会成为一个象征。我的思想将会自由地想象诗人笔下那个圣洁的朱丽叶，但我只能想象到她明亮的眼睛、虚弱的外表，以及与其他女人无异的动作。

但别墅与象征和微妙的含义无关，而是和与物质需要相对应的智力需求有关。别墅没有时间去思考，它是工蜂。小酒馆是雄蜂，没有被送去学校的男孩，没有学习过的邻居，所以它的趣味有点别致——或许我该说是堕落？别墅总是以这种或那种形式存在着，并且只要我们现存的社会体制还一致，它将一直存在。它是生活的基源，比小酒馆还重要。这一点大家没有异议，但这是否意味着小酒馆要被废弃？小酒馆对别墅有一种极好的矫正性的影响，它的消失已经对各种艺术作品产生了庸俗化的影响。俱乐部无法取代小酒馆：俱乐部也是与别墅相关的东西；如果我所获甚多，我会将它们交到流通图书馆，因为它既是别墅精神的象征，也是它的荣耀。

这样的主题我并非不熟悉，我像孩子走向父亲那样走近它，像鸟归巢一样走近它。（独一无二的不恰当比较，但我今天幽默无比；一个人的幽默就是半个游戏，据说老虎有时会与小羊羔玩耍！）我们心中有别墅。早上进城的父亲，等着嫁人的成熟女孩，他们在其中跳华尔兹的大画室，他们谈论着舞会。但只有华尔兹还远远不够，甚至有网球也不行；女孩子必须会阅读。母亲不能一直监督着她（她还要想方设法稳住厨师，管住女仆和顽皮的男孩），除非她花钱太多，哪怕她只是花1先令或2先令买小说。在这样的环境下，孕育了流通图书馆。

别墅公开了自己的需要，艺术拜倒在地。压力始于出版商；书以很高的价格出版，别墅每年都捐款，出版大量只有精英才能得到的漂亮书，就好像是这个女士或那个女士一样，可以肯定的是，凯特、玛丽却什么也看不到，他们总共一年才有2基尼。英语小说变得纯粹了，并且耐人寻味了，而且拜伦、菲尔丁和本·琼生的作品尽管如此突破常规，如此老练，并且，如同批评家所说的那样，他们是天才，但它们也已经从我们的文学界消失了。英国小说变得纯粹了，猥亵的小说再也看不见了，再也不能唾手可得了。在这一点上人性介入进来了。可怜的人性！当你用手指把它按在一个地方时，它又在另一个地方凸了出来，就像女人的手指一样。人性在很早就已经表明了对猥亵故事的嗜好，猥亵故事形成了所有文学的实体部分。如果你愿意，你可以称之为病——无法治愈的病——如果它是源自内部的力量，那么它将用一种新的形式在出人意料的地方释放出毒性。这就是事实上发生的一切。受驱于最值得赞美的动机，穆迪削减了我们的小说配给量。40年来，我们明显是地球上最道德的民族。我们曾自信地宣称：一个60岁的英国女子也不会去读那些会给任何国家的少女的双颊带来羞愧的红润的作品。但耻辱和悲伤在等候着穆迪。事实上我们仍将继续赞助他的图书馆，还依然继续赞助教会，当有人谈到《莫班小姐》或《小酒店》时我们仍会扭过脸去。我们的行为举止仍将像穆迪希望的那样优秀和纯洁。毫无疑问，当他重新回顾他这40年的努力时，他会感到自豪。他肯定会拍打着自己那有男子汉风度的胸膛说："我消灭了来自别墅的邪恶，我击碎了它的头。"但是看啊！突然，随着地震带来的恐怖，昏睡的正义醒来了，一切罪恶，如私通、盲目和让人窒息的通奸的烟雾，这些燃烧着的炉渣都被净化后灌入大地而消失。通过我们报纸的大量专栏，可怕的熔岩滚动向前，永不停息，在一股黑烟中，美丽的别墅以及它美丽的景象，都轰然倒塌消失了。

奇怪的是，任何人都会想到：我们的道德标准都取决于我们读的书。我们开始想知道，大自然是如何将这样奇怪的念头灌进我们的头脑，而不是灌输给其他民族。但是，盎格鲁-撒克逊人的思想是永远敏捷的，永远是出其不意的，甚至路边的小孩子都似乎知道世界上的道德标准是统一的，虽然有好书和坏书之分。这真是一种奇怪的信念，我们的道德标准来源于我们所读的书，特别是现代的书，这种信念有多种危害；因为若没有这种看法，三卷体系就会为作者的第一部作品提供一定的市场，并会给他们留出可贵的空闲时间来思考和修改他就要出版的作品。但文学可能从流通图书馆获得的所有优势都被无用的、让人伤脑筋的审查制度零碎地消耗掉了。

在英格兰，有一件事能使我想起欧洲大陆快活的人性，而它地地道道是英国人特有的。其社会娱乐和其自发性让我们想到了伊丽莎白时代的英格兰——我说的是音乐，法国的音乐厅缺乏的是英国音乐厅的大众化——不是帕维龙音乐厅，它太全球化了（沉闷的法国喜剧常在那儿上演），让我们说说皇家音乐厅。我不太容易忘记我在皇家音乐厅度过的第一个夜晚，我看到了一个活生生的世界——风流的短评记者、优雅的浪子（让人生出无限的想象）、稳重而好客的小贩、柔和的灯光、杰出的喜剧。多么愉快的娱乐总和，多么和谐的灵魂，多么集中的智慧。大家彼此认识，彼此都为他人的出现而快乐。换句话说，这就是生活。那里没有真正的瀑布，没有伦敦那样的码头，也没有令人讨厌的豪华家具。在旅馆电梯上上下下中一定有人被遗弃在那里，但一个现象代表了整条街的面貌。一个人走过来——请注意，他穿的不是一件真正的工作服，而是某件让人意识到他是怎样来到伦敦的衣服，表明他是如何被小偷洗劫一空的。这太简单了，你会说。是的，但总比《浮士德》的“大杂烩”好，里面装点着女巫、魔鬼和蓝色的火焰。也比坐落在圣詹姆斯街上的画室好，而且好得多，里面展示的都是肯德尔先生和夫人的激情。也比威尔森·巴雷特廉价的名声好，好上一百万倍——一个陈列在展览馆的不引人注意的地方，穿着低领衣服的老人。在音乐厅里也没有任何语言的虚饰，没有那些使人想起只能演奏出“啊”的破旧的风琴的陈旧的修辞；散文已够糟糕的了，但只留下一些空白总比写那些不自然的诗句更好。从那些空白处你还能想象到一些奇妙的事情，比如一个妻子被一双明亮的眼睛注视，就会幸福一星期等等。那位手法独特的画家，贝西·贝尔伍德，她天生的才智如此奇怪地坚持不用粗俗的手法作画，这是罕见的。看，她来了，并且说：“多高兴啊，李，你正在工作啊！”这个素描很淡，但是受人欢迎。这样的艺术贡献令人觉得好奇、离奇，并且不可想象吗？现在来看一下那个完美的喜剧演员阿瑟·罗伯茨，他比欧文[1]优秀，因

1 亨利·欧文（1838—1905），英国演员，曾任伦敦兰心剧院经理，表演独具一格，演过《钟楼》等三百多部戏中的四百多个不同角色，成为第一个获爵士封号的演员。

为他都以生活素材来表演。他是多么整洁、漂亮！他是怎样唤醒了灵魂，唤醒那些喜欢白兰地的年轻人的灵魂？他们穿着黑白相间的漂亮且优雅的衣服对着他欢呼："你能帮助我们，使我们愉快吗？我们现在是如此快乐。"灵魂、精神和皮卡迪利广场的本质都体现在这句话里了，还有喜剧演员的眼睛——每一个眼神都充满着暗示，这让人愤怒，让人迷醉，充满着象征意义，这就是艺术。

不是艺术，而是一种标志，一种艺术的表现可以来自现实的种子，并发展成某种高雅的、无法预测的鲜花，就像一个叙事朗诵者变成索福克勒斯一样，就像奇迹剧通过皮尔和纳斯发展到马洛一样。之后这个炎热的夏季诞生了莎士比亚，后来在柯罗斯和达文南特[1]的黄色的秋天中死去。我看过音乐厅的素描图，喜剧插曲所体现出的出人意料的自然和纯洁让我想起了马洛的《浮士德》，我等待着——我承认是徒劳的等待——某些美丽幻影的出现，等待着听到热情的崇拜者痛苦的叫喊：

> 这不是那张使千船竞发，
> 烧掉了特洛伊无头塔的脸吗？
> 甜蜜的海伦，给了我一个美妙的吻。

1 威廉·达文南特（1606—1668），英国诗人、剧作家和剧院经理，作品有喜剧《众才子》、假面剧《爱之神殿》、诗集《马达加斯加》等，并创作了英国第一部公演歌剧《围攻罗得岛》，有"莎士比亚的精神之子"之称。

> 她的嘴唇吸食了我的灵魂；看，灵魂在游荡！
> 来吧，海伦，到我这里来；再次赋予我灵魂吧。
> 我将在这里逗留，因为天堂就在双唇之间，
> 一切都是无用的，因为不是海伦的。

然后出现了令人惊奇的大改变：

> 我将在巴黎和我所爱的人在一起，
> 温特伯格将代替特洛伊。

音乐厅至少是对这种令人乏味的故事的抗议：旧城堡里的守财奴，丢失的继承人，以及解决这些事情的可悲的方法——被关在城堡阁楼达20年的她靠发针和淡紫色衣服获得快乐，一个天真少女。音乐厅是对肯德尔夫人的婚姻倾向的抗议；音乐厅是对奢华画室的抗议，与不断变换场景的英国喜剧运动截然不同。音乐厅是对别墅的抗议，是对流通图书馆的抗议，是对俱乐部的抗议，这一切都令我感到无法言表的亲切。

第十二章

书海探珠

女演员从剧院回来的时候，暗示我有一个敌人，一个具有报复性的敌人，在跟踪我；但她的舞台经验使她迷失了方向。我没有敌人，要有，也只是我自己。或者客观地说，除了我过去的经历和教育造成的合乎逻辑的后果外，我没有敌人，这些给我造成了很大的麻烦和真正的不方便。法国人的智慧在我脑里，法国人的感情在我心里；我对英国人的心灵一无所知，我也记不起古老的同情心，这就像寻找被遗忘的文字，如果我在写一短篇故事，我就不得不在思想里回到蒙马特尔或爱丽舍宫寻找人物。有人可能不相信这一点，因为几乎没人能意识到他们对生活的细节所知是多么少，哪怕是他们自己的生活，并且无法理解他们的过去对自己现在的影响。可见的世界只有极少的人能看见，道德的世界几乎对所有的人来说都是一本合起来的书。我脑子里都是法兰西，所以，在我能理解英国之前，我必须将法兰西从我脑子里赶出去，或至少把它赶到看不见的地方。我受制于各种危险的思想，一种不可能的风格，不久曾发表过我两首诗和七八篇批评文章的主流杂志不再寄书给我评论了。我只好求助于一些隐晦的社会报纸。但我没有必要一定要靠笔养活自己；于是我谈，我观察灭亡等，直到我变得与周围的人差不多，我的思想混杂起来，深深地根植于我生活的环境之中。

我写了一两部剧本，我翻译了一部法国歌剧，上演了六个晚上。我将一部小说改编成了戏剧，我写了一些短篇小说，并读了大量现代小说。

我读的第一本书是《一个贵夫人的肖像》，作者为亨利·詹姆斯。我得承认艺术家可能是伟大但有局限的；靠一个字他就可能照亮一个灵魂的深渊，但这个字一定是神秘的、独特的。莎士比亚给了我们这个字，巴尔扎克有时在写完几页大白话后给了我们这个字，屠格涅夫一直在给我们这个字；但亨利·詹姆斯只在这个字周围鼓翼。他的整本书就是拍着翅膀经过漫长的道路接近这个神秘而独特的字，但这个字就是没有说出来；因为缺少这个字，他的人物就永远没从一层薄雾中走出来。我们对他们略知一二。他们在街上从我们面前走过，他们停下来交谈；我们知道他们怎样穿戴，我们观察着他们眼睛的颜色。《一个贵夫人的肖像》中衣着华丽的人群，恰恰就在我回忆起一个迷人夜晚的时候来到我身旁——盘旋而上的楼梯，微笑的女房东，稍远背对着我的男房东。有人叫他。他骑车走了，我看见他戴着白手套。空气中充满着甜蜜的气味和花园的芳香。这儿是灯火辉煌，那儿是远处房间的阴影，女人的双脚在僵硬的衣服下来来回回地走着，我让人拿来帽子和外套，点上一支雪茄，向皮卡迪利大街走去——我边走边自言自语道："一个舒适的夜晚，我遇到了许多熟悉的好人，我看到一个姿态，一种真诚的举止，证明一颗心正在跳动——在某处。"

詹姆斯先生可能会说："如果我做了此事，我就是做了很多事。"而我则会回答："毫无疑问，你才华横溢，极有修养，根本不是普通人；我把你置于最前列，你不只是小说家，而是文学家。"但一个天才，噢，不是！

我没读过亨利·詹姆斯任何能表明其学者风范的作品；但学者为什么要把自己限制在空洞无物、无休无止的多愁善感中呢？我不会用任何古老的嘲讽来嘲讽他——他为什么不写复杂的故事？他为什么总是避免果断的行动？在他的故事里，女人从不和情人一起离开家，男人也从不杀男人或自杀。为什么没有一件能做完的事？在现实生活中，谋杀、通奸和自杀都司空见惯，但詹姆斯先生的人物生活在平静、悲伤、彬彬有礼的意志黄昏中。自杀或通奸在故事开始之前就已经发生了，自杀或通奸发生在角色离开舞台几年后，但在读者面前，什么都没有发生。小说中对故事的抑制或维持事关个人品位；有人喜欢人物刻画而不是冒险故事，有人喜欢冒险故事而不是人物刻画；鱼和熊掌不能兼得，我认为这个问题是不言而喻的；所以，当朗先生说"我喜欢冒险"时，我会说："哦，你真喜欢吗？"就像我对一个说“我喜欢雪利酒”的人所说的那样。毫无疑问，当我说我喜欢人物刻画时，朗先生会说：“哦，你真喜欢吗?”就像他可能会对一个说“我喜欢港口”的男人所说的那样。但詹姆斯先生和我基本一致；我们都更喜欢人物刻画，而不是根据古代航海者留下的藏宝图寻找埋在地下的宝藏。但要进行人物刻画，就必得有人物原型，客厅没什么特色，角度也不多，循规蹈矩，固守陋习，使之一切尽失。绅士们和夫人们就像海滩上的鹅卵石一样圆鼓鼓的，只能看到光滑的表面。那些年复一年饱食终日、饕餮无度、居所华丽堂皇的人，真有多少可说之处吗？夫人可能真有情人，但从事实中却发现不了多少生动的材料可写；在詹姆斯的小说中，那个夫人只考虑上一页谈到的事，那个绅士则一脸诧异地看着她。

我常听到与亨利·詹姆斯相提并论的是W. D. 豪威尔斯。我买了他三四本小说。我发现里面充满了身穿白裙、相貌纯净的女孩，慵懒的母亲，温和的妙语，还有一些年轻男子，这个有点愤世嫉俗，那个有点被爱蒙住了双眼（隐约带有美国人味道的汤姆·罗伯逊的喜剧中的一句话）。我说：“亨利·詹姆斯去了法国，读屠格涅夫。W. D. 豪威尔斯待在家里，读亨利·詹姆斯。”

亨利·詹姆斯的思想具有更高尚的品格和实质；我丝毫没怀疑过亨利·詹姆斯在一生中的某个时刻说过的，将写美国的道德史，就像屠格涅夫写俄罗斯的道德史一样——他借用了第一手资料，也明白自己借的是什么。W. D. 豪威尔斯借用了二手资料，却不明白自己在借用什么。总的来说，詹姆斯先生的直觉更具学者风格。他屈服于时代的谨慎，对此我常常感到遗憾。我不能不觉得，他的屈服，因为我想我必须称之为屈服，在某种程度上是自我强加的，他会回答我说——或许是心怀遗憾——有点像这种方式：“诚然，我生活在一个不太有利于艺术创作的时代，但一个时代的艺术就是那个时代的精神。如果我违背了时代的偏见，那我就会怀念这个时代的精神，而不能唤起时代精神的艺术就是假花，没有花香，或者只散发出三百年前盛开之花的香味。”为了进一步进行分析，我们设想问詹姆斯先生这样一个问题：“你为什么不写一个每周得到30先令的女孩？她认为若每周能得到35先令就更高兴。”我们设想詹姆斯先生会就此向我们道歉，而我们就得回应他的道歉。而他的回答是：“快乐的女人比只想每周多得5先令的女工活在更深刻的情感中。”我们中间会有人问亨利·詹姆斯为什么从未结婚；但问也是白问，他就像一个所有行为都令人反感的人一样写作。他每一页都在忏悔，就像我们所有人一样。每一页的詹姆斯都谨小慎微，而豪威尔斯则是一个大家庭的幸福父亲；阳光明媚，少男少女在草坪上玩耍，成群结队来喝下午茶，晚上还有舞会。

大约就在这个时候，我胖硕的女房东借给我一部乔治·梅瑞狄斯的《悲惨的喜剧演员》，读过几页后，我开始好奇她是怎样迷上这本小说的，她似乎是真喜欢读；我的好奇肯定是有充足理由的，因为我自认为比女房东更有文学修养，而我竟然与这部小说无任何心灵契合之处，或者可能是她被告知它是某个欣赏她的房客所钦佩的“一件东西”？我觉得她对这本书的崇拜是邯郸学步，我的一个发现强化了我这种观点，即她没读过乔治·梅瑞狄斯的其他任何书，不知道他主要是一个诗人。她从未听说过《山谷之恋》，也没听说过《阿提拉的婚礼》，我向她提及其高贵的副歌——“为阿提拉铺床”，一时间倒忘了她有时也为我铺床。

在我用心读的巴尔扎克和刚刚开始爱上的莎士比亚的作品中，我都发现文字深深浸透着生活的味道；但在乔治·梅瑞狄斯的作品中，只有无菌坚果，只有人们所谓的警句，我想不出还有哪本书比《悲惨的喜剧演员》更像一只鹦鹉了；它像鹦鹉一样昂首阔步，尖叫；但《罗达·弗莱明》体现出了某种才智。安东尼，我想是这个人的名字，描写了他在喝茶时如何被人打断，这段话有七行或十行，贯穿其中的副歌是“我在喝茶，我在喝茶”。紧接着是一段关于住宿处晚餐的描写：“一处孤零零的地方放着一块面包，土豆似乎就像自己把自己蒸死的。”有点沉闷和生硬，但无疑是睿智的。我接着往下读，读到了一个年轻人，他是从马上摔下来的，还是被人从马上扔下来的，我从没弄明白，我对研究这件事也没有足够的兴趣；年轻人被母亲放到床上，一上床他就开始说话了！……谈话有四页、五页、六页、十页，就这样的谈话！干巴巴的，都是废话，平庸得让人吃惊。

我更喜欢《十字路口的戴安娜》，如果我完全无事可做，我可能会读完。我记得描写一个乡下人的场景——这个乡下人整整一个小时都在吃猪肉——这让我乐不可支。我记得在星光和薄雾中看到的南唐斯的轮廓模糊的斜坡路，很美妙。但当我们四顾找人时，我们既看不到人，也听不到有人：戴安娜已经隐身于星光和薄雾中了，时间用从深渊中唤回灵魂的力量来评判我们。如果是屠格涅夫的读者来看这一页，他会记得对那个女人对巴扎罗夫的感情的揭露，同时也会记得她永远不会嫁给他的原因。……我希望我身边有这本书；我有十年没见过它了。

我注意到，如果我买了一本书，那是因为有人向我推荐，或是因为我认为应该买，我的阅读肯定证明它是贫乏的。一段引言，在没想到的地方偶尔听到的一句话都会使我寻找注定会对我的思想产生一定影响的书。我读到了哈代，尽管这个名字不好。它使我一开始就对他抱有偏见；这个名字太微不足道，使人无法想到这是一个有大天才的作家。《远离尘嚣》证明了这样一个事实：托马斯·哈代只是乔治·艾略特流产的婴儿。

批评家坚持认为讲故事很难，他无疑是对的。一连串的事件——不管这些事件多么简单或复杂，这都不重要——要发展到一个合乎逻辑的结尾，或者说一个体现了一种节奏感和必然性的结局，这总是代表着天才。莎士比亚提供了一些很好的例子，巴尔扎克也是这样，屠格涅夫也是这样；但在当代的英国小说中，作家的无能为力常常让我震惊，哪怕是一流的作家，也不能将自己的小说变成一个有机的整体。我的意思是：这些小说思路也明确，发展也清晰，但一旦我们读到最后一章就会发现，小说才表现出刚开始时的变化，然后就又折回来，曲折也行，但每次曲折小说的主题就变弱一些，就像猎犬追逐下的兔子。《远离尘嚣》开始的几章预示着很好的发展，人们没有理由怀疑小说的结局将是怯懦的，但当特洛伊告诉他的妻子自己从未在乎过她时，我知道什么地方出了毛病；当他去河里洗澡被河流冲出来后，我说："游戏结束了。"

《洛娜·杜恩》在我看来就像孩子的游戏，愚蠢至极，充满着毫无意义的言论。哈代先生开始总会有一种思想，但可惜的是他无力具体表达这一思想性，赋予思想以生命；但他总比布莱克莫尔[1]好，后者似乎只是偶尔撞到一个当时的人们感兴趣的主题。即使我谈到这些肯定属于三流的作家，那也是因为他们与我借以从法国回到英国文坛的链条有联系。因为不得不谈到他们，我就谈一谈对他们的印象吧。

读《洛娜·杜恩》使我非常清晰地想起了一种独特的艺术原理，英国浪漫主义作家或者奇怪地对它一无所知或是忽略了的原理，那就是：剧中人的人格升华应该与他们参与的具体事件相对应，他们之间的关系要保持不变。透纳的《迦太基帝国的衰落》是改变和修订过的自然，那些连接光明与黑暗的通

1 理查德·布莱克莫尔（1805—1900），英国小说家和诗人，代表作为历史小说《洛娜·杜恩》。

道——那些栏杆是那么朦胧，在这些方面，他的艺术和巴赫有异曲同工之处，都是那么响亮，都有美妙的组合。透纳深知，即使依附在太阳般明亮的剧情上的分支，单独看来还是黑暗的，因此他刻意把它画亮来保持气氛上的平衡。在小说中，性格是声音，行为是管弦乐队。但是，英国小说家习惯于把这些凌驾在精神以及道德之上，从而违背了艺术创作的第一原理。人物的行为始终应该是一个人的标志，在古代作家笔下，人物和行为是被画上等号的。阿喀琉斯站起来和特洛伊同样高。海伦代表着每个男人的渴望，无论是年轻还是年长。然而，我想说的是，就是这种感觉，这种和弦似的感觉，使荷马与那些编造离奇冒险故事的“编家”区别开来。就是这种和谐的感觉使我们摆脱了流行文学；我们自己的旋律可以公开暴露在批评声中，然而，和弦始终是美妙的。即使是那个年老贫苦的司各特也不是没有某种感觉——“没有什么感觉?”我问自己，这个问题突然把我从沉思中唤醒。谁在谈论司各特？我回答自己说：“司各特的继任者是利顿，一个文学教授对兰多的了解足以使他能谈起用雅典编织的锦缎，说某人写过这个，某人一定写过那个，我梦见了兰多笔下的那些伟大而美丽的男人和女人（令人兴奋的旋律）——一个和莎士比亚一样伟大的作家，不是吗？一个贵族的末代后嗣。我们只能用颓废来概括兰多——一个浪漫和现实的混合物，有雨果的夸张和特罗洛普的朴实，一块被古代元素腐蚀后的碎片。”

巴尔扎克的精神分析等同于莎士比亚的形象再现，他们殊途同归，达到同样高度的悲剧敬畏；但是，当那些不大可能的事物，那些近来被用来想象的事物，和生活中那些熟悉的方面混在一起时——我是指爸和妈以及住在克拉彭——这里有月亮山和永恒生命的秘密——的亲爱的安妮之间的结合，结果就是别墅艺术。别墅必定和发生在月亮山的英雄故事有关；它自己也有着自己的英雄主义，同时，阿喀琉斯和默林将被吉姆大叔和一个在校学生所取代。别墅是赖德·哈格德、修·孔威、罗伯特·布克曼以及《魔沼》作者唯一的根源。

在开心酒吧，我过去常常用这种能引起那里的那些文人惊讶的方式谈话，总是意识到大卫·克里斯蒂·莫里、拜伦·韦伯、里查德·道林都只是马奈、德加、皮沙罗、勒诺瓦、卡巴纳、维利耶·德·利勒-亚当、卡蒂斯·孟戴斯和杜兰德的可怜的替代品。但只要男人们谈论艺术，我就不太注意他们是怎么谈论的。他们愿意听就已经足够了，在对英国文学的追索中，我读到了他们写的东西——大卫·克里斯蒂·莫里写的《约瑟夫的外套》，拜伦·韦伯写的《幸运之路》，以及里查德·道林所写的凯尔特人传奇，名字我记不清了。

这些人总是在四点左右来到开心酒吧，五点左右酒吧里已人头攒动了。人们对大卫·克里斯蒂·莫里抱以尊重，他是一个头脑清楚、身材高挑、举止生硬的北方人，他声若洪钟地谈着他是怎样战胜出版商的。拜伦·韦伯，一本周刊的编辑，一个迟钝而固执的人，手提一只黑色拎包蹒跚着走进酒吧，脸上没被他的黑胡子遮住的一小块地方泛着红晕。他进来后问的第一个问题是莫里是否已和卡图和温杜斯签订协议为《富人》杂志写连载小说。莫里的回答是肯定的。接着里查德·道林走进酒吧，他是一个脸和手上的肌肉都很松弛的爱尔兰人，没有任何与众不同的外表，也许只有他那无神的眼睛除外。他的声音也因失望而无力、悲哀；因为他曾想象自己已经踏在了成功的门槛，但现在他只是说自己一整天都在辛苦劳作，靠写作赚点钱糊口，养活他从沃特伏特带来的小家庭。

五点半，我们都坐在了大教堂窗下半圆形的角落里。六点，提斯里，从凯瑟琳街来的出版商就会走进来，房间会马上为他准备好。他总是带着一个包，里面装着给家里买的鱼和小说原稿。七点，威士忌都喝完了，晚饭前，有些人快乐地喝醉了，我脸上开始出现一丝怒容，因为我总是被醉人骚扰。但是除了这里，我没有别的地方可以谈论文学，而且我必须将法语和法国式的思想从我的脑子里赶出去，只有这样我才能写出英国式的小说。开心酒吧就能做到这些。我又不耐烦做英国人了，这种念头一天天、一月月地越来越坚定。几年后，我又开始对英语厌倦了，觉得它是一种笨拙的、生硬的工具，已经不适合细致的工作，这点在大卫·克里斯蒂·莫里和罗伯特·布克曼的作品中一览无遗。有一晚，在西西尔大街，我绝望得大叫一声，把《人生的黑暗面》扔到房子另一面。“所有这些都纯粹是商业性的。”我叹息着，然后开始想到布拉顿小姐，记得她是那么和蔼，因为就是她以前把雪莱交到我手里，当时我住在一个爱尔兰的湖边，认为能在利物浦障碍赛中骑马比赛是一件好事。韦达[1]在我十几岁时候给我留下了深刻的印象。最后我遇到了琳·利顿夫人，并喜欢上了她；但她老了，她是那种富有热情却枯燥乏味的人。我每天晚上都要去莫尼卡咖啡馆买一份法文报纸，上面正在连载龚古尔的《小姑娘伊莉莎》，这个故事把独处的我迷住了，重新唤醒了我征服伦敦的梦想。我看《非洲农场的故事》则不满意；对沙丘鹤和鸵鸟的描写与对未来的怀疑混为一体，坚信女性在道德和身体上具有很多优势；但和艺术却没有任何关系，也就是说，没有我所理解的那种艺术——用富有节奏和顺序的词汇来描述富有节奏和顺序的事物。看完《非洲农场的故事》，我开始看萨克雷小姐的《伊丽莎白的故事》，我所看到的是一个拥有淡紫色的百合花和蓝色天空的花园的清新、美丽的自然。“只像一幅水彩画，”我自言自语，“但这是多美的水彩画呀！”我继续看着她美妙的描述，充满着空气、色彩、光线、优雅，是用英国人的眼睛看到的法国生活，可爱精巧的描述让人浮想联翩。“多么安静的小厨房！窗外是一眼就能望见的花园，公鸡和母鸡在悠闲地漫步，白杨树在阳光下轻轻摇摆，一个老妇人坐在白色摇椅上忙着家常琐事。”虽然在很

1　韦达（1839—1908），英国女小说家，以写上流社会的传奇式作品闻名，主要有长篇小说《奴隶生活》《飞蛾》《弗兰德的狗》等。

多乏味的篇章中偶尔才有这样一些简单的句子，但这丝毫不影响原有的美。“威尔·丹皮尔转过他那宽大的背，往窗外看去。出现了一时的安静。他们能够听到钟声、大海的啸声和海港上人们彼此呼唤的声音。阳光照进来，爱莉就站在阳光之中，似乎融入了金色的背景，自己也变得金光闪闪了。她手里应该握着一根棕榈树枝，可怜的小殉难者!”

这本书有一种甜美的智慧，一种因为简单所以永恒的智慧；我并不因为她用优美的水彩画法描写阳台、花瓶、花园、田野和森林，却没有产生提香画笔下的阿里阿德涅那种狂热的激情力量而抱怨。萨克雷小姐知道自己天才的局限，自认不如乔治·艾略特，尽管她也有很多意韵深远犹如贝多芬式的乡野：松树林和跛子；身穿皱皱的亚麻衣服的妇女和她们节俭的风尚；男孩外出征服世界，女孩留在家里征服自己；强大的河流掌握着一切的命运，先是玩弄着自己的子民，最终再带着他们走向灭亡。萨克雷小姐有一种音乐节奏感：但女人不可能成为男人，我们无法肯定的是，如果快乐是艺术表演的条件，我们沉思爱莉不会比沉思玛利获得更多的快乐。在以虔诚的法国新教徒为背景下，她的头用水彩画成了金色。我们不知道这幅画是否忠实于自然，但我们知道它忠实于艺术。在她结婚之前，我们对她没有任何反感，但结婚之后就不一样了，因为这样看起来太不协调了，真正的结尾是爱莉的毁灭和她母亲的悔恨。

玛格丽特·威莉第一次向我谈起《伊丽莎白的故事》，是有人在肯辛顿的一家画室里将我介绍给她的时候。她是一个高高的、羞怯的女人，正值中年的她衰老得很快，但她毫无怨言，与那些散坐在沙发和椅子上偷偷窥视年轻男子的女人相比，我更喜欢她。几分钟之后，她承认我听说的都是真的，她曾在杂志上发表过一篇小说。在当时这样的成功会给她带来蓝绸带文学奖章，也正因此她在我眼中变得可敬起来，在以后的多次拜访中，她的才智都令我受益匪浅。就她来说，因为我假装思维敏捷，奇怪地没有教养而令她愉悦，她很高兴纠正我的校样，每一次纠正都让我离法语远一点，而离英语近一点。

世界上到处都是随时准备牺牲自己的人，我相信，如果玛格丽特·威莉没有为自己那生肺结核病的妹妹牺牲自己的生活，她会获得伟大的文学声誉。一天，我打电话给她，想要她帮我改些校样，结果收到她的一张便条："我已经病得没法替你改校样了，你知道如果我能我是不会不做的。"第二天，一个总是浮现在我美好的记忆中，一个写过华美小说《达摩克利斯》的灵魂升上了天堂。在我看来，拉斐尔·康威就是玛格丽特·威莉自己，一个为美而选择牺牲的受害者，她以美丽的鲜花作为自己的葬礼。她没有忘记病人那张癫狂的脸，当她发现自己很富有并被自己所爱的男人爱着的时候，她也忘不了那张脸。总是祸不单行。现在她知道自己受到了诅咒，她的责任就是抛弃自己的爱，让后一代人为她的悲惨遭遇而哭泣。但拉斐尔·康威抛弃了自己的梦想，并自此以后一直过着彷徨忧郁的生活，她的兴趣集中在她所爱的男人的孩子身上。正如我们最后所知道的那样，她就像叶子在风中摇摆不定的大树期待着最后的日落那样等待着自己的最后时刻。我敢断言，斯蒂文森先生所写的每一句话都使我愉快，但他从未写过一本让我高兴的书。我们只靠这样一个问题就能公正地有点奇怪地判断一个作家的价值："他是哪本书的作者?"每一个作品能流传于世的作者都有一本书特别出众，可以使其他作品都相形见绌，而且大多数人都会认为这部作品可以概括地体现这个作家的创作能力和文学地位。就弥尔顿、菲尔丁、拜伦、卡莱尔、萨克雷、左拉和斯温伯恩都可以问同样的问题。

我把斯蒂文森想象成一个奢侈的年轻人，喜欢用那双苍白无力的手把那些暗淡的花儿编成花环，或者倚在玻璃窗旁，用钻石铅笔在窗户上胡乱地画一些精致的图案。他作品的每一节都很清新明快，很有节奏感，并且都能完美地表达自己的意思。在读他的作品时，人们通常会想：以前从未有过这样明确、生动表达的诗，每一页、每一行都各有特点。但斯蒂文森先生的风格过于华丽、过于考究了，我可以说就像一个漫步于伯灵顿拱廊街上的年轻人吗?是的，我说是的，但我还要补充一句，他是曾在伯灵顿拱廊街漫步过的最优雅的年轻人。斯蒂文森先生很愿意理解呈现在他面前的任何一种思想，但一旦用到这些思想，它们就变得异常华丽和高雅，却失去了原有的丰富内涵和协调性。阻止斯蒂文森成为一个思想家的不是他的智慧不够，而是他的行文风格。

另一个一想到斯蒂文森就让我震撼的东西（我忽略了他对埃德加·坡的直接借鉴和其方法的永久和谐）是他独特的天才不适合于他所生活的那个时代。他过多地将自己的才华浪费在追求华丽的风格上。我谈到亨利·詹姆斯先生时说："虽然他过多地屈服于愚蠢的、错误的和虚假的时代审美趣味，但这丝毫无损于他的天才。"斯蒂文森先生在我看来似乎正相反。因为，如果有一个生活在这个世纪末的人需要自由表达自己天才的明显发展，那这个人就是斯蒂文森。他会在跑步时看书，而任何对文学略知一二的人，在我写这些话之前，都以为斯蒂文森是在伊丽莎白或安妮时代写作的。

把你们的陈词滥调美化一下，但不要有只言片语冒犯正在早晨读着科林·埃贝尔离婚案的年轻姑娘的纯洁心灵。街头小报随处可见，每张桌子上都摆着，上有七八个猥亵的专栏。诗人和小说家必须一定要摒弃自己的独特风格来满足公众，诗人和小说家一定得削弱和毁坏他们的作品，因为——谁来回答这个问题？噢，多么卑贱、充满污秽的虚伪世界啊！我鄙视你！

但这本书不是文学教程，我也不再仅仅停留在批评的角度，而是直奔我在灵魂中为它建造了最后一座神庙的一本书——《享乐主义者马利乌斯》。我清楚地记得我读到开头几行字时的感觉，它们给我的甜美感觉就像在明媚阳光下的呼吸。我知道我是第四次被唤醒，我将获得第四次生活幻觉。雪莱向我展露了令人想象不到的天空，精灵在天空中轻轻地唱着光明和美；戈蒂耶向我揭示了有形的世界是多么奇妙地美丽，人性是多么神圣；与巴尔扎克相伴，我一圈圈地降到灵魂的地狱世界，看到了这个世界中人的苦恼和忧郁。随后我有了些许的觉醒。左拉吸引我的是其精辟的理论；福楼拜让我惊奇的是其技巧的精湛；龚古尔出色的形容能力也使我崇拜了一段时间。但最后这些冲动都成了碎片，我的这些追求和梦想最终犹如植物感受不到阳光那样发白惨淡，犹如一张在煤气灯下变老的脸一样虚弱。

我从来没想过自然之物灵魂的那种简单而真实的快乐；天空的颜色，各种各样的乡村，飞翔的鸟儿——一只正朝大海飞去，废弃的船，矮小的蔷薇和野生的薰衣草。我甚至也没想过生活中那些温婉柔顺的美，以及如何避免任性顽固的情绪化冲动显露无遗的劣根性。我们必须确立一种在世俗中生活，但又长久拥有精神家园和灵性生活的方式。一种全新的冲动和激情在我脑中弥漫开来，它清新而完美，充满大自然的野性和无限改善的可能，以及不轻易为人察觉的芬芳感觉。

在我心中，这些书总是密切相关，以至于当我们忽略一些偶然的差异后就能发现这样一个有趣的现象：它们之间的联系是如此紧密，而那基于此的感应又是如此的同源和平等；而那对于我们可见物质世界的膜拜，也类似于对仅靠物质的丰足就可以满足所有生活需求的无可救药的迷信。既然佩特先生可以和戈蒂耶手牵手歌唱，那我也可以成为他们的同伴——在这方面我至少也热爱伟大的异教世界，它的血腥，它的裁罚，它的奴隶制，它那对所有无力脆弱的朦胧事物的嫌恶排斥。

但《享乐主义者马利乌斯》对我的意义不限于一种情绪上的影响（尽管那是多么稀有可贵），因为这本书是我拜读过的第一本能够让我从语言本身收获真诚欣慰和荣幸的英语散文集，它在辞藻堆砌上的功力仿佛能够将黄金白银调和，自由的韵律与字里行间的潜台词以及昙花一现的暗示，就像枯萎的蔷薇的芬芳，那样的词句保留了旧有习俗与过去时代的大量印记。直到我读了《享乐主义者马利乌斯》，我才意识到现在真正的英语对于我而言，就像法语之于大多数以英语为母语的读者。我阅读是为了也只是为了那样的体验，虽然那种语言本身对我而言通俗易懂，但并没有唤醒我的文学激情，甚至连兴趣都不曾激发。《享乐主义者马利乌斯》是那块令我跨越自身语言障碍的踏脚石。原著的翻译本身并不算太粗糙唐突，却让我找到了一个坚定而严谨的目标，那种词义虽然有些区别于普通的理解，但无意中听到对于耳朵也是一种甜蜜美好的堕落，而对于眼睛则是更少见得到的色彩深度。这虽然很新，却是一种我所选择的教育的后果，是这种教育在外国的延续，但并非完全陌生的媒介。我汲取了佩特过多的影响，所以德·昆西的文章对我来说并不难。他从生活习俗到脾气性格上活脱脱是一个拉丁人，但他确实是不折不扣的英国人，我通过他加深了对伊丽莎白时期戏剧家的了解，我们这个民族真正的文学，洗净了法语在我身上的痕迹。

第十三章

19世纪的理想

艾玛已经脱掉衣服，把最后一个孩子安排妥当——她把最后一个孩子藏在某个神秘的、无法找到的角落，除了她没人能发现；肥胖的女房东结束了在我门前的徘徊，不再用提供白兰地、水、茶和面包诱惑我，甚至放弃了试图诱惑我的动机。从萨瓦来的女演员不再与那个陪她从戏院回来的男青年在街上闲逛，她不再边在台阶上徘徊边与他谈话了。她把钥匙插进了门锁，她上楼来了，我们像往常一样在楼梯上进行午夜谈心，她告诉我她最近想得到一个角色，她曾告诉我她必须离开她的丈夫，最后我们互道晚安。她走上嘎嘎作响的梯子，我也回到了我的房间。夜晚是压抑和闷热的，但现在一阵风从河边吹来，孤独的我无精打采地打开了书，是一本顺手拿来的书，名为《龚古尔兄弟日记》，在第358页的最后一段这样写道：

> 真正让人奇怪的是这四个人都摆脱了技巧色彩和庸俗的商业主义，他们的四支笔是最完全献身艺术的，却在公共

审判官面前受到指控。这四个人就是：波德莱尔、福楼拜和我们俩。

龚古尔的话意味深长。（我不想谈论这一点，但我要借此提出另一个赤裸裸的简单真理，那就是：在英格兰，如果公众检察官不刻意蔑视文学，那就不需要专制手段，无论种种非议是来自育婴室和女人客厅里的小声闲语，还是来自图书管理员不安的谈论和赤裸裸的诋毁。）在英国和法国，喜爱文学的人都同样是最纯洁的，他们对文学的热爱中掺杂了最少的功利目的。被公众检察官判刑并被流放出国的是这样三个人：拜伦、雪莱和斯温伯恩。斯温伯恩也是为文学而爱文学，却被迫在义愤和恐惧的叫喊声中从图书馆的书架上抽下了自己的书。我考虑了这些事实后转向了对散文诗的研究和探讨，在这个领域，波德莱尔告诉我们如果你拿给狗一瓶香水，狗是如何跑开的，但如果你给它一些恶臭的秽物（还是从阴沟里面挖出来的），它会围着你嗅，开心得不得了，并努力舔你的手以示感谢。波德莱尔将公众比作那只狗。

当我读巴尔扎克关于伏脱冷和吕西安的小说时，我常常想起哈德良[1]。我想知道巴尔扎克是否想过把罗马皇帝和他的爱好

---

1 哈德良（76—138），罗马皇帝，对外采取谨守边境政策，对内加强集权统治，数次巡行帝国各地，在不列颠境内筑“哈德良长城”，镇压犹太人暴动，编纂罗马法典，振兴文艺。

引入现代生活。那是一种只有巴尔扎克才会想到的事情。没有一个批评家注意到这一点。

有时，在夜晚，当一切归于寂静时，我朝那条荒芜的河流看去，我想我会悲伤得疯掉的，我深深怀念我在公爵夫人街上的那套漂亮的公寓。过去和今天是多么不同啊！我用我全部的灵魂憎恨这处伦敦住所以及所有与它有关的事物——艾玛、鸡蛋和熏猪肉、淫荡的女房东和她猥琐的女儿。我已经厌烦了楼上那多愁善感的女演员，我发誓再也不会出去和她在码头聊天了。随后就是失败——我什么也做不了，我了解我的小说毫无价值，我的生活像一片将要飘出人们视野的落叶。我万念俱灰，百无聊赖，却奢望着再回到巴黎。我厌倦了阅读，已经没什么可读的了，福楼拜令我恶心。谈论他是多么乏味啊！没品位！他是最有个性的作家，但他的悲观主义真是可恶啊！我多讨厌它呀，它却一直不停。它隐藏在他写的每一段话、每一个句子里，多么可厌呀！庆幸的是我有《逆流》这本书可读，那是本惊人的书，一本辞藻美丽的书。于斯曼是对的，思想到你20岁时已经够好的了，以后就只有词句了——一种新的思想，一种可能更加无趣的思想——却会比较适合那些议会的议员。我该睡了吗？不！我希望手头有一本魏尔伦的诗集或马拉美的东西来读一读——首先是马拉美的！于斯曼在《逆流》中说到了马拉美，在那些日子里，于斯曼的一页书就像一剂鸦片，一杯精致的、让人兴奋的东西。

文学的堕落无可挽回地攻击了它的组织，却被时代思想所削弱，被过量的造句法所腐蚀，只能理解病人那种好奇心，但有助于解释自己的衰落，渴望修补自己年轻时所忽略的一切，在死亡之床上将自己所有的痛苦记忆都遗赠给后人，所有这些都以最绝对的形式体现在马拉美的诗歌之中……

散文的诗化在于格式，这点最重要。它由炼金术士般的天才作家处理，它实际上应包含小说的全部力量，大段的分析，多余的描写……形容词以这样真实而明确的方式安排，所以不能轻易去除，它独特而明确，隐约为人物内心的起伏埋下伏笔，使读者阅读时不断在心底品味着含义与细节，根据正在发生的事情推测将要发生的情节。小说就这样被读者真正理解了，就这样被浓缩成一两页纸，它是杰出的作者与有品位的读者之间的思想交流，是这个世界上无数智者心灵的合作与沟通，只有最高雅的人才能体会这种愉悦。

于斯曼的作品如同拜占庭工匠铺里打造出来的黄金饰品一样吸引了我：他的风格具有拱门一样的迷人魅力，有一种宗教仪式的感觉，具有哥特式的激情和雕花门窗的美。啊！在厌倦的时刻读一读马拉美的散文诗多好呀！对了，我记得我有《风行》[1]中的几篇手稿，据我所知，其中包括了《遗忘了的篇章》。

---

1 《风行》杂志于1886年在法国创办，是象征主义自由诗的主要阵地。

我将把它逐字翻译出来，并且保留其中每一个韵律和每一处精彩的造词用句。

1. 遗忘了的篇章

自从玛利亚离开我去了另外一个星球——哪个？猎户座，牵牛座，还是那个碧绿色的金星？——我一直倍感怀念地独自生活着。我的猫儿陪伴我度过了很多漫长的时间。我的孤独是一种没有人陪伴的孤独，而我的猫是我精神的神秘伙伴。可以说，伴我度过每一个寂寞日子的，便是我的猫，还有拉丁文学衰败时期最后几位作家的作品。生机盎然的时光已不在，于是很奇怪地，我开始对表达"衰落"的词汇情有独钟。同样，一年中我最喜欢的季节是夏天将退、秋天将至的那段日子，我会选择在太阳将落未落的时候回家，看着微弱的余晖照在灰色的墙上，将尽的残红落在屋顶。因为同样的伤感情怀，我心仪的文学作品是罗马末期的诗人所写下的诗篇，那个时候罗马已经江河日下，濒临垂死挣扎，而文艺复兴初期的宗教诗篇尚在萌芽之中。

有时候，我手扶着毛皮座椅欣赏其中的一首好诗（不过对我来说，其作者所作的画更像婴儿脸上的红晕一样吸引我），窗外仿佛有慵懒忧伤的手风琴乐队低低吟唱着。这琴声从白杨树林的小路上传来，记忆中，自从玛利亚最后一次端着烛台从那儿经过以后，即便是春天，那片白杨树的叶子也总是枯黄。这音乐让人极度感伤，是啊，极度感伤。钢琴低语，小提琴诉说着流逝的光阴，疲倦的心灵，还有那手风琴，在这个回忆的黄昏让我感到如此绝望无助。唉，这自然界的乐队不过在演奏一首通俗简单而又过时的乐曲，最多只能唤起常人心底最细微的一丝轻松，可是，它为什么能轻易走进我的心房，甚至像一首浪漫的歌谣一样让我为之伤感掉泪呢？我听着，陶醉着，甚至不愿挪动脚步扔些钱给窗外那个流浪乐队，因为我怕一移动位置，便会发现其实这只不过是大自然的一首协奏曲罢了。

2

鲜花与神台之间，走慢了的萨克森老钟敲了13下，它的主人又是谁呢？或许，它是古老的时光从萨克森捎来的信笺吧？

（落寞的阴影挂在了破旧的窗玻璃上。）

还有你的威尼斯镜子，花纹边框之间仿佛是一汪冰冷的潭水，它又在照射着什么呢？我相信一定有很多美丽的女人曾在这潭水里沐浴，也许，如果我长时间地注视，还会看见她们留下来的裸影。

一个恶作剧，你总是编一些恶作剧。

（我看见高高的窗户上悬挂着的蜘蛛网。）

我们的衣柜很旧了，你瞧壁炉里的火苗是怎样日复一日舔红舔旧那块铁板的啊！窗帘破落，手扶椅上织棉布套已经剥落，还有那旧雕花，所有的东西都很陈旧。你难道还没感觉到就连屋檐上蓝色的小鸟也被时光洗礼得褪了颜色吗？

（没有想到高高的窗户上抖动着蜘蛛网。）

你爱憎分明，这也是我为什么和你生活在一起的原因。有一次我写了一首诗，可你说不欣赏，我的姐姐，你历经风霜，你的身上有洗尽铅华的优雅风范。新鲜事物不会让你肤浅地激动兴奋，或许对你来说面对它们是困难的，可是你总是毫不犹豫地去尝试。

过来吧，合上那本你全神贯注阅读的德意志年历，那已是两百年前的老皇历了，书里提到的皇帝也已经死了。过来，躺在这旧式的地毯上，让我的头斜靠在你宽厚的膝间吧。噢，乖顺的孩子，我要和你长时间谈心，我们之间没有距离，我要和你说说我们的家具。

你用抽象的手法表达？

（高高的窗户上蜘蛛网摇晃着。）

我们，被称为“从世界上消失了的十位杰出人物”的我们，认为散文是很明确的本质的东西，是文学中的精灵、艺术的巅峰；其余人认为它是一种无意识的创作形式。读一下上一期日报的首篇文章就可以找到满意的答案。

3

衰败贫瘠的大地上，灰色的天空也许会因飘来的一朵云彩而放晴；残阳落入长河，却在余晖照耀下的水天之间静静地躺着。树木倦了，而树下泛白的叶子旁（被时间的尘埃而不是路上的尘埃洗涤而泛白），旅人们搭起了帐篷，这些帐篷静静地伫立着，等待着黄昏，等待着黎明照亮他们苍白不幸的面孔。时代的罪恶和永恒的忧郁占据了他们的心，他们站在自己悲哀的同伴身旁，在不安的寂静中，每一双眼睛都在祈祷着远方的太阳，而太阳在他们一声失望的呼喊声中沉入了水面，听那表演者念叨着："没有哪位画家能画出如此悲哀的太阳。我复活了对过去一个女人的回忆。有点愚蠢，有点独创，有点简单，一种金色的狂喜。我不知道她怎样叫它，她浓密的头发一团团优雅地披散在她脸旁，与她血红的裸唇恰成对比。在美丽的睡衣下面，她的身体和双眼，虽然像珍贵的宝石，却并不与她快乐、闪烁、跳跃的神情相配。那隆起的胸部，凸起得像少女那拥有永恒之美的胸脯，光滑的四肢仍然沾着海盐。"想起他们可怜的太太：秃头，病态，充满恐惧。丈夫们往前挤去，他们的太太们也被忧郁的好奇心驱使着向前挤着，想看得更清楚一些。

当所有的人都看到了那个高贵的生物时，一个新时代的遗迹已被诅咒，然而漠不关心的人们并没有力量理解这一点，但其他那些被悲伤压抑得眼中含泪的人彼此注视着。而这些时代的诗人们感到他们死寂的眼睛变亮了，他们坐到了灯下，一种模糊的荣耀感使他们昏眩，寻找着灵感，完全忘记了自己的年纪已经大得离美丽很远了。

蓬松·迪泰拉伊做了很多荒唐事，伴我们在法国度过了多年的快乐时光，后来乔治·奥耐蹩脚的语法也并没有给我们的相互了解带来任何麻烦，但蓬松·迪泰拉伊和乔治·奥耐都没有投身文学，这样的事情不可能发生在法国，而应该发生在英国。赖德·哈格德，他文学中的残暴行为比他对谋杀的描述更残暴，他受到了主流杂志的注意，邀请他写关于罗马复兴的文章。因为写出最坏的和最好的可信的句子一样难，我把下面这段话作为一种荣耀引用在我不那么有名的散文里：

当我们注视着上帝揭示的美时，一切都显得如此美好，相同的精神充斥着我们的心胸，我们开始尽可能清醒过来。

回归浪漫！回归原始！我疾呼。

现实主义者无法否认的一件事是：一种持续的、强烈的对写好的欲望，写得有艺术性的欲望。当我想到他们在词语使用上的所作所为，想到他们发现的口述重复多次的效果，想到他们所创造的上千种结构形式，以及他们如何因为不知疲倦的表达意图而对语言的重新改造和组合只是出于对艺术的酷爱时，我陷入了极度的惊奇和赞赏之中。雨果为法国诗歌所做的贡献，福楼拜、龚古尔、左拉和于斯曼为法国散文所做的贡献，都是这样。世界上只存在着一个现实主义文学流派，甚至都不排除伊丽莎白时代。正是由于这个原因，我们的失败比那些粗俗的反对者的胜利要有趣得多；因为当我们陷入粗俗和扭曲时，正是通过我们对平庸，一切平庸的高尚而刻骨的仇恨才摆脱出来。

健康的学派在英国是被禁止的，所有能说的都已经说过。狄更斯的后继者，萨克雷和乔治·艾略特都没有理想，因此也没有语言，没有任何新东西可说，这种表达乏味的原因是这条路被关闭了。他们的小说中没有引入任何新主题，英国小说的语言凝固了。但如果现实主义者在英国得到偏爱的话，英国的喉舌或许就会得到拯救，因为在引入新主题的同时，他们也会介绍新的语言形式。

"卡门·席尔瓦"，要神化人人都赞成的美学是多么容易，"卡门·席尔瓦"。

我在年轻时，雪莱的天才令我惊讶，但现在我发觉平常人的愚蠢更让我吃惊。

我死时可能无儿无女——当我濒死时也许会把脸转向墙壁说，我没有增加人类生命中的罪恶——然后，虽然我是个凶手、私通者、小偷和说谎者，但我的罪恶将如云般消逝。死时有儿女相伴的人，虽然也许他的一生确实都充满着优良的行为，但他终将被真正的智者所咒，而且他得永远忍耐沾在他身上的污迹。

我认识到这是事实，唯一的事实，而且是全部的事实；一个透过玻璃橱窗向里张望的最空虚的妇女对自己青春的遗憾，或对中年不洁行为的感悟都必定不会像我那样强烈。她让人为自己画了肖像，我则写了这些自白；每个希望都是想拯救过去的某种东西，逃离时间的惊涛骇浪躲进某个记忆的港湾。圣奥古斯丁的《忏悔录》是一个被上帝考问者的故事，我的自白则是一个被艺术考问者的故事，是心灵的故事。哪一个主题更生动？第一个！因为人是愚蠢的，仍像小孩爱玩具那样对自己所谓的良心爱不释手。现在全世界的人都在传看《罗伯特·爱尔斯莫尔》。这本书在我看来似乎是一套阔大的、摆放均衡的、比例适度的房子。环顾四周，我说："可惜的是，这些房间都是用熟石膏做成的。"

《游牧部落》的确是一本很美的书，它摆脱了所有那些使伟大的诗歌所具有的那种绝对而崇高的快乐成为不可能的错误。因为它首先摆脱了艺术作品的那些寄生虫和有害物——思想。思想创造的所有那些文学品质都是最短命的。想一想明天在一本书、一个剧本、一首诗中提出一种新思想的作者会有什么命运。新思想被理解了，就成了公共财富，通过报纸、杂志、书籍到处传播，在俱乐部里被人谈论，在街头巷尾被人传来传去，但一礼拜后它就让人厌倦了，一个月后它就让人憎恨了。当听到类似于"生存还是死亡，这是个问题"这种话时，谁不曾有要呕吐的感觉？当莎士比亚写到"音乐是用来听的，为什么你的音乐听起来这么悲伤"时，他的确是很伟大的，但当他写到"衣服常常代表着一个男人"时，他就不伟大了。如果他能摆脱自己的思想，我们应拥有一个什么样的诗人呀！因此，让那些牛津大学里的一流人才贡献出自己平庸的灵魂来编写一本排除了所有相似思想的著作。这样我们就可以把马洛和博蒙特排除在外，并重新开始阅读游吟诗人的作品，无能者可给很多人带来快乐，皇冠最终会戴在不朽者的头上。

古斯塔夫·卡恩接受了历史的建议，他成功地避免了甚至对他充满敌意的批评家也不会称为思想的一切；正因此我对他万分感谢。他的诗集也不是毫无规律地捆扎在一起。他选择了某种感情顺序进行排列，这些感情产生的外部环境都以散文短注注出。《游牧部落》因此本质上是一部小说，但没有描写和分析，只有因为痛苦而充满诗情的生活瞬间。而记录这些瞬间的方式则只随着感情的改变而改变，因为他不像其他许多人那样，一旦发现了一种韵律，就将之胡乱地应用到所有主题中，卡恩只根据自己表达的感情选择旋律，采用如同自然之母给花朵分配香味一样的得体与优雅表达自己的感情。我从《插曲》中可以找到一个语气神奇转换的例子。

亲爱的表象，来到被照亮的夕阳下。
　你愿意拥有平静而苍白的早晨吗?
夜晚和早晨有粉红色的平静，
水面有斑斓的水晶衣，
　平静的棕榈树的韵律，

空气唤起牧羊人的音乐。

来吧，在微笑的河流的卷轴下，
来到东方夜晚的淡淡丁香花下，
到有银色法尔巴拉的广袤地带，
到急切之吻的绿洲，
只活在唯一的东方面纱下。

不管是什么表演，不管是什么船桨，
不管是什么声音，饥饿和吼叫，
遥远的日子里的遗忘让人抓挠和发痒，
遗忘的莲花在我的温室里已经枯萎，
而你永远爱我吗？
永别了。

埃德加·坡的重复在此之后显得生硬而机械，节奏如此精妙，转瞬即逝，语调就像一阵香气袭来，甜美而突然；就像美妙的管弦乐队的律动，笛子和小提琴消失在银雾中；但突然一阵阳光照射下来，乌云散去，春天花园的所有魅力都呈现出来了。

昙花一现的偶像，在春天的刺激下，

感受到复兴的绽放，
裹在绸缎里如此遥远和宽广：
玫瑰被百花逐放！

花园里的丁香花枝押着韵；
墙壁上画着蜀葵；
大地伸展开去，热烈欢迎
躺在浅绿色沙发上的懒汉；

有翼的笑声在花园里流行；
微笑与短暂的爱抚，
快乐的鸟儿，清一色的黄色，
在梦幻般的天空中颤动。

让文学见鬼去吧！谁在乎古斯塔夫·卡恩写得好还是坏？昨天我遇到了一个生活观与我相同的人，他说："生活就是要有一顿美妙的晚餐，然后带着一肚子香槟入睡，直到休息够了起床。"

每个世纪都有自己特殊的理想。19世纪的理想就是年轻人，而18世纪的理想则是女人——看那些锦罗绸缎，看那些衣着暴露的快乐美女，出现在贵族们的园林中和有猎人守望的城堡里。没有任何考古学家反对这一观点，对古人的这种态度是18世纪天才的最好佐证。看看弗拉戈纳尔的画吧——都是胸脯高挺的女人，诱人的脚在白色的裙下若隐若现。她们走路的时候，你能听到盛夏树叶相拍击的声响。这时，爱被玫瑰花环所围绕。伪装与窥探无所不在，到处是人造的灯光，多么优雅的日子呀！在华托的画中，格调显得更忧郁，其中也有绸缎、日落、喝彩的手势和不情愿——错误的不情愿，吉他在呜咽，懒洋洋的午后很优美。还有皮埃罗，他画中的女人都是奇妙的白色动物，肉感、狡黠、快乐的动物。整个世纪的灵魂——到处是脚踝和警句，因为爱在当时不是感伤的，它只是小小的错误，有点小小的残酷。看这些家具与擦亮的地板、浅色暧昧的挂毯，还有头饰、女人胸衣上的缎带也许能使人的兴奋蔓延。假发是让人迷惑的，那诱人的臀部、鞋上的扣子，多么虚假、可爱的小喜剧，可爱的矫揉造作，这些美妙的谎言是那么让人倾心不已，我们实际上很喜欢这些，而不是报纸上那些让人厌倦的诚实。在18世纪，是男人拜倒在女人脚下，是男人在乞求爱情，女人或接受或拒绝。但现在，男人的地位改变了，他们掌握了主动，他们成为被乞求的对象，如果有人想在19世纪延续华托和弗拉戈纳尔的传统，来总结和概括我们时代的性爱观，他将不得不认真记住这一点，并需要好好反思一下。

年轻人在19世纪的地位是最令人妒忌的。他被奉为稀宝，被宠爱着、赞扬着、崇拜着。他们听到的是最甜美的话语，接受的是最爱慕的眼神，他绝不可能做错事，每座房子都向他敞开，所有最好的东西都供他驱用，女孩们争着伺奉他的机会。她们来到他的面前，带着糕点和美酒，围坐在他的周围，一旦有谁有幸与他单独相处，她会甘为此死，会向他求婚，甚至会毫无怨恨地接受他的拒绝，她们甚至不允许他自己俯身系鞋带，而是争先恐后上前为他服务。在小说中，女人向男人求婚会被认为是不正常的事，但在那时没有比这更普遍的事了。几乎每一个青年男子都接受过十几次求爱，甚至更多。这是那个时代的典型特征，已成为女子本能的选择，但她们不愿这么快就与男人做爱，同时男人们也不愿利用她们的殷勤欺骗她们，而只是客气地要求其离开。

在这样构成的社会中，年轻男子都有一个快乐的开端。他可以完美地跳华尔兹，网球打得精彩，最新的小说足以为他提供文学知识，板球、射击、狩猎都样样不差，因为他一定不能被其他男人看成是没用的男人。女人选择娱乐方式时却不太受男人观点的影响，而是心灵的反应活动，虽然这不像胃部反应那样明显，却是存在着的，并一定要让人看得到。在一个能赢得女人的男人身边，一定也能赢得男人；真正的浪子是大家都爱的，就像万有引力吸引万物一样，爱吸引住了一切。一个理想的男人应该：身高五英尺半，有宽广的肩膀、浅棕色的头发、深邃而有挑逗性的眼神、细长的脖子、修长的双手、高高的足背、挺直鼻子的、瓜子形的小脸、干净的外表和优雅的动作。他来到舞厅，向女主人伸出手来，热情地看着她。（他总是先想到女主人，他在她的房子里，房子装修得很好，充满酒肉的芳香）他能读透这个苗条的、有着一头黑发、身着绸缎的珠光宝气的女人。一个年老的男子正在与她攀谈，她与他一起在舞池共舞，而她却在一会儿之前拒绝了一个年轻人的邀请。这不是好兆头。我们的浪子知道这一点。一个35岁左右、衣着华丽的女人一直在看着他。她的眼神如孩童般天真，出于本能，浪子转向主人问道："那个金发女人是谁？就是在右边角落的那个？"主人回答："哦，那是××小姐……""你能为我介绍一下吗？"他继续要求。主人应允了。他已下决心要结识这个珠光宝气的黄花闺女。随后出现了一个年轻但老气横秋的姑娘，衣着也很华丽。"我听人讲她在猎场拥有一栋大房子，我要与她跳舞，与她母亲共进午餐，如果可能，我还要与她父亲在晚上进行愉快的谈话。"

浪子的举止优雅、轻松、灵活。他从不说"不"，总是说"是"，如果你愿意，你可以去问他；但他只做对自己有利的事。显然他是一切公正思想的体现者，因为他知道他帮助过自己之后，也可以帮助别人，因此可以结交一个以后会对他有用的朋友。将一个小提琴家置于一个都是小提琴的房间，他会将每把琴都试拉一下。浪子会将每一个女人都静静地放在一边，他的动作如此安静，使得女人常常只是半意识到她已被放到一边了。她的生活被打断了，她乐意自己的生活被打断。真正的爱的天才不在于去爱，而在于摆脱爱。

我注意到有些时候每一个二流女人都喜欢我们。那么，难道爱是一种我们有时拥有并无意识运用、有时候不拥有的磁力吗？

第十四章

与良知的对话

现在我充满着一种急切的冲动，它叹息着、咆哮着，像角楼房间里吹过的风一样一直努力想冲出来。我恨这地狱般的住所。我感到自己像一只被关在笼子里的野兽——那个女房东，那些孩子，艾玛——女演员很快就要上楼了，我要不要请她到我房间里来？最后让一切都维持原样吧。

良知：为什么硬把新的烦恼塞进她已经苦恼不堪的生活？

我：你好，你吓我一跳！是的，我很惊讶。我们好久没一起交谈过了。从什么时候开始的？

良知：我会原谅你的感情。我只是想应该提醒你，你已经越过了那条界限——你30岁了。

我：一想还真可怕。我青春已逝！

良知：那么你感到羞愧了——你忏悔了？

我：我没什么可羞愧的——我是一个作家，我的职业就是除了为羞愧而羞愧外，没什么可羞愧的。

良知：我忘了。

我：但只要你高兴我随时可以与你聊天，甚至现在，此时此刻，什么都可以谈，甚至我的任何罪恶。

良知：从我们彼此失去联系以来，你把时间都用于满足感官快乐了。

我：请原谅，我把大部分时间都用于艺术了。

良知：我记得，你父亲死的时候，你很高兴，因为他的死使你很方便从家庭的束缚中解脱出来，把那部分受到约束的自我塑造成一个你完全理想的、完美的乔治·摩尔。我想我对你的描述是正确的。

我：不，不正确；不过没关系。请继续。

良知：好吧，如果你不反对的话，我们就看看你从自己的机会银行里提取了多少现金。

我：你不能否认我自学了很多东西，而且交了很多朋友。

良知：朋友！你天生善于适应——你喜欢他们追逐你，以欺骗他们对你的作品做出错误的评价。至于你受的教育——还是别提它了，简直是一团糟。

我：这我得与你争辩一番了。难道我没有意识到这种强烈的自我主义，并把它从半意识的阴影里拉出来吗？毫无疑问，自我解救应该是第一步。

良知：那会有什么结局呢？你没什么可教的，也没什么可说的。我常常想问你这个问题：既然死亡是唯一的好办法，那你为什么不去拥抱死神呢？它是全世界最廉价的东西，也最容易得到。

我：我们必须活着，因为大自然要求我们这样。我可怜的良知，你是否仍然挣扎于随心所欲的谬误之中？

因为至少这十万年以来，人们用他们很乐意称之为智慧的东西使这个星球变得可恶且可笑，但他们并没有认识到他们的生命只是打破了无意识的和平，呆滞地抬起了大自然瞌睡的眼皮。这些喋喋不休的人猿多么从容地谈论着他们的信仰和道德感，却总是看不到这些只不过是诱饵而已！因为宗教信仰他们必须忍受自己的悲痛，他的性欲是呆滞的、无知的和旺盛的，他要借助于道德才能做到这一点。一只蝎子如果被火环所包围，它就会蜇死自己，而人类会归结于生命，并否认生命，如果他有充分理由的话。宗教和道德是拨火棒，大自然用它们拨开并驱散了理性之环。

良知（长时间的停顿之后）：我相信——请原谅我的武断，但我这么长时间没看到你了——你的自负是因为没有女人影响、改变和修正你的生活观。

我：你错了，我的思想不受任何人的支配。听着！我的母亲在我还是个孩子时就对我说："你千万别相信她们，她们的笑容和美丽都是伪装的。女人喜欢男人只是想从男人身上索取些什么。"正是因为这几句简单的话，我整个年轻时代都对女人的真诚持怀疑态度。有很多年，我一直都不相信女人能够爱男人。在我看来女人太美、太理想化——男人则太过丑陋，几乎令人作呕。她们能够触摸我们而没有厌恶之感吗？她们真是想要我们吗？我热衷于女人的生命——神秘的衬裙，与贞节裤截然不同！充满艺术气息的盘绕的鬈发，多姿多彩并散发着芳香，全然不同于光秃秃的短发！紧腰礼服，薄如蝉翼的丝绸，全然不同于呆板的燕尾服！玫瑰一般的双脚在重重的玫瑰褶带下款款而行，全然不同于男人笨重的双脚！我对于女人生命的热爱是我生命的一部分。哦，这种感觉多么奇怪，多么难以名状！一个色彩明净的世界，有幻影在移动，在昏暗的灯光下变幻莫测——一张被长发遮掩的脸，一线灯光下完美的胸部，平稳的脖子在缓缓地转动，凝视着的深邃而又清澈的双眼。我太爱女人了，以至于我不能把自己完完全全交给她们中的一个。

良知：是的，是的；但你在和女人交往中取得过什么成功吗？

我：该死！你不会打算让我给你讲述关于女人的漫长故事吧——它是如何开始，如何结束，如何又重新开始的？我不是卡萨诺瓦[1]。我爱女人就像爱香槟酒一样——我喝了它享受它；但要我详细描述每一瓶酒是如何喝下去的，将只

---

1 贾科莫·卡萨诺瓦（1725—1798），意大利冒险家和作家，浪荡公子，当过间谍和外交官，主要著作为其自传《我的生平》，记述他的冒险经历，反映出18世纪欧洲的社会面貌。

能是平铺直叙。

良知：你从来没给我谈过你的香槟之爱；但你曾问过我你是否产生过真正的爱，我告诉你我们不能在别人身上激发出自己身上不存在的东西。你难道从未认识一个愿意嫁给你的女人吗？

我：我为什么要占据一个女人整个生命的空间来看她如何长胖、如何变老、长出皱纹、变愚蠢？想到任何一个人永恒不变的外貌总是惹人讨厌的，尤其是一个女人。此外婚姻是与我的理想不符的。你说没有理想能照亮悲观主义者的生命，如果你问他为什么活着，他是无法回答的，而叔本华反对自杀的言论也是似是而非的诡辩。的确，在这点上他的推理是虚弱和无效的。但我们可以很容易驳斥我们肉欲的对手。我们必须说我们不自杀，虽然我们承认它是痛苦生命的止痛剂——我们绝对要擦去父母灌输给我们的错误——因为我们希望得到高贵的榜样和方式以此引导别人克制感情。我们是灵魂的大救星。其他罪是有限的，只有爱是无限的。我们因为一个人杀死了他的同伴而以死惩罚他，但只要稍微想一想就能粗略理解：将一个生命带到这个世界上的罪恶要比将一个人的生命从世界上清除出去大一千，甚至一百万倍。

今天的人就和糖果店里的苍蝇一样多；在未来的50年里，可以吃的东西越来越少，但人口一定会多出几百万。

我边笑边蹭着手！我会死在红色时代到来之前。我嘲笑那些狂热的信徒，说上帝为他所创造的人类准备了一切。将法国的革命与即将来临的——那是一定要来的，是不可避免的——革命相比较，就像拿路旁的水坑和大海比较一样。在伦敦每一个大街区的每一根街灯柱上，都会有人被吊死，就像挂着的梨一样，人们会发明出电动断头台来处死有钱人，就像在芝加哥杀猪一样。耶稣用他白色的脚践踏出古世界的血，然后宣布全世界和平，并从此走出洪水的灾难。人类的脖子将被切开，鲜血将覆盖地球的表面。

良知：你的哲学等同于你的绘画和诗歌才能；但是，我是良知，是一种从来没哲学化的良知——你要研究“无意识哲学”吗？

我：不，不，它只是一种愚蠢的世俗化概念。但叔本华，啊，我的叔本华！你说我要宣讲对女人的仇恨吗？我应该称她们为短腿族吗？150年前才被允许进入社会的短腿族？

良知：你甚至对我也不说真话。不说，甚至在午夜12点半也不说。

我：显然这是所有时间里唯一一次你犯了错的时候？

良知：你变得越来越幽默了。

我：我困了。你是一个令人讨厌的老东西，一个旧世界的顽固分子——我是说中世纪的世界。你知道我现在爱古物吗？

良知：你无助地徘徊在生命的旅途，直到你跌到一个电瓶上；

你的神经受了刺激，你变疯狂了，狂野地到处冲撞，直到你接受的电流耗尽，你浑身散了架似的瘫倒在地。

我：如果我够敏感，能汲取我所处时代各种各样的潜能，我不就成为强者了吗？

良知：做一个无法解释的力量借以发挥作用的容器和媒介，是很微不足道的。你还能不能想得更高一些？你感觉不到自己身上独有的东西吗，一种对目的的最后认知吗？

我：你肯定不愿意和我谈谈上帝吗？

良知：你不能否认我至少是存在的吧？现在我就是你，更确切地说，我远甚于一个你愿意在安静的夜晚与之交谈的最亲密的朋友，一个你抱在怀里的女人……

我：请不要再说了。“卧室里芬芳的夜色”很平常。我正在从那种文学里汲取营养。

良知：你病入膏肓了。只有严重的消化不良才会恢复你的感觉——或治愈你长期不退的病。

我：请原谅我说实话，你在故弄玄虚。没有什么消化不良或长期疾病能改变我。很早以前我就已把你分解成碎片了，你现在也没有足够的精力来恐吓那些处于播种期的骗子。

良知：在摧毁我的同时你也摧毁了你自己。

我：埃德加·坡，质朴而单纯。在修补好你自己身上的洞之前，不要在我身上挖新洞。

良知：我是坡的灵感；他是永恒的，永远属于我。但你的灵感来自肉体，因此它们也像肉体一样短暂。

我：如果你读过叔本华，你就会知道肉体不是朝生暮死的，而是永世都在竭力与死亡抗争。湿婆神不但用骷髅项链代表，而且还用男性生殖器像来象征。

良知：你所有的努力都失败了，从父亲坟墓上成长起来的人物只是一个敏感、耽于感官的艺术化的人，他住在一个肮脏的住所里，在绝望地孤注一掷。你现在在写一篇小说。主人公是一个在某种程度上像你自己的可悲生灵。你是否认为在英国这是很普遍的事呢？

我：你一直是一个伟大的庸人！你所说的“公众”是什么意思？

良知：我根本没提到“公众”，你的特点之一就是敏感。

我：可悲的双关语——芸芸众生总是在追逐着巴汝奇绵羊的形式[1]，但总还有那么几个人——

良知：几个加大拉猪[2]一样的人。

我：啊——我是悬崖，我是淹死猪的大海！

良知：又是出于那种古代的崇拜欲望，最原始崇拜的力量真是

1 巴汝奇是文艺复兴时期法国作家拉伯雷的讽刺小说《巨人传》中的人物，是庞大固埃机智却胆小的伙伴。巴汝奇受到了羊贩的侮辱，于是高价买进一只头羊，与羊贩同乘一条船时，他驱那只头羊入海，羊贩的羊见到后纷纷效仿头羊而跳海。

2 典出《圣经·马太福音》，说鬼入猪群，整群猪闯海而死。

一个奇迹。你真是这个世纪的孩子；你不渴望被人崇拜，你避免了这一点，害怕这会削弱只有你愿意激发的那种感觉——奇迹。受渴望使人惊奇的欲望驱使，现在你在一片污浊中求索那仅有的一丝光亮。你写的那个人物的自传不会比一个皮条客的好多少。

我：那么他就不像我了；我从来没做过皮条客，即使可以做我想我也不会做的。

良知：你的整个道德天性都反映在刘易斯·西摩身上了，连“即使可以做我想我也不会做”这句话都很传神。如果可以，你会将我置于脑后，然后去修补那可耻的小叙事曲《阿尔弗雷德叙事曲》，出于虚荣心，你喜欢它爱的光芒。你带着爱的光芒来到这里，你的虚荣心促使你毁灭她留存的道德理念：她的道德理念告诉她不要委身于任何男人，但看在金钱的份儿上可以，现在她已经真正在堕落了……你笑什么？

我：我在想她遇到的道德困惑，在想她必须忍受的痛苦，因为她是一个佛兰芒人，如果她快死了，会叫牧师到她床边的。至于那个可怜的男人，在听她忏悔时是怎样一种情形啊！他会觉得她的观点如此奇怪，与其他的忏悔者是如此不同。

良知：可耻的幻想闹剧。让我们都正经点；你肯定可以严肃起来，哪怕只一小会儿。试着回忆一下几个月前在你卧室里发生的不光彩的事吧，女房东在你床边命令那个用自己的良心给你带来极大欢娱的女人从房子里出去。但，不，还是不要回忆那个场面吧，忘了它，告诉我你是否认为在叙事曲里对阿尔弗雷德的描写有失公正。

我：他就像统治着一只鸡窝。

良知：散发那部叙事曲的原稿，已经给阿纳托尔·佩雷斯造成了很大的麻烦。他是一个画家，他现在最安全的回家途径就是最长的那条路，你已经听说过在早晨三点之前他不敢进自己所住的那条街，以免遭人袭击。

我：都是因为他被怀疑参与写我的小叙事曲了。

良知：你那可悲的小叙事曲，可悲的诗，如果可以称它们为诗的话；开篇第二个诗节淋漓尽致地反映了所有韵律学知识。而且，崇拜艺术的作者选择了另一个韵脚，好像是verre，这样即使是一百种音律都容易找到，这本身就该受指责。艺术是难以驾驭的。

我：班维尔的诗歌法则我是知道的，但在所有最著名的叙事曲里，即那种为叙事曲扬名的叙事曲里，韵律并不比我的复杂。我的叙事曲行文流畅。

那个美丽的罗马女人，

谁是她的日耳曼表妹……

“她们在哪里，圣母？”为什么是“ils”？“ils”和“elles”

在15世纪可以互换吗？从押韵角度看，我没看出“peine”比“verre”更难押。我的歌谣非常流畅。请听：

长着美丽牙齿的阿尔弗雷德之歌

我是阿尔弗雷德，那个长着漂亮牙齿的阿尔弗雷德，
广场上的大皮条客。
我有手镯和漂亮的衣服，
精美的皮鞋、手套、大宝石戒指，
因为，我妻子要价最贵。
总是收三个金基尼，至少也要两个，
为了一点凡夫俗子的欢乐……
我们需要很多道貌岸然的先生。

我时常离开台球桌，
看看妓女是否在工作……喝一杯吧！
好了，都喝一杯，忘却忧愁。
伙计们，让我们为一个父亲的健康干杯吧！

他在孤独的夜晚来到我们身边。
他做了爱，他不像那些乞丐
衣衫褴褛又难以取悦……

我们需要很多道貌岸然的先生。

情人中只有皮条客
徘徊在所有庸俗的爱情之上。
他把他的手放在那些小说上
迷惑灵魂，让你错过交易，
没有嫖客的时代是艰难的，该怎么办？
以上帝的名义，凭什么瞧不起他们？
我对着警察大喊，这个假兄弟：
我们需要很多道貌岸然的先生。

结　尾

我是街头的国王，对此非常自豪，
她等着我，声音里充满悔意。
我拿起钱，扔在地上。
我们需要很多道貌岸然的先生。

良知：你的叙事曲在我看来第二次听并不比第一次听好到哪里去。我无法忍受了，结束吧。

我：现在你说话就像戈斯。

良知：再多说一句：你屡试屡败，并且你的失败还将继续下去，直到你考虑到那些道德原则——那些我们的民族已经确立起来的行为准则，由一种准确无误的自卫本能引导的行为准则。人性是为了保护自己才去对抗那些企图将她腐蚀的人。没有一个人能逃过她的复仇行动，无论是拿破仑还是像你这样拙劣的二流作家。

我：你想让我降下海盗的骷髅旗而变成一个诚实的商人，怀抱儿女与妻子一起站在舵旁。你想提醒我，我的灰白头发开始变白了，身体变糟了，饱满的热情像破旧的帆布一样裂开了。最后，那声名远播的海盗随波逐流，像一个年老的流浪汉，被厄运的风浪百般折磨后到达那些充满凄凉和危险的海域——主妇、看护和令人难受的房间。这将是我的命运；既然没有谁可以改变命运，就没有比朝着必须行驶的航向大胆前进更好的做法了。

良知：你大概在编造一个合乎道德规范的结局，一个会说服所有阶级的结局。

我：很明显你是19世纪的良知。

良知：我不指望在你身上找到圣奥古斯丁的影子。

我：这只是一个想法。接下来的几天里我将用一天时间写下我的忏悔！我再次告诉你，除了艺术，没有什么是我真正关心的。因为你知道这一点，你喋喋不休地埋怨我没有以某种愚蠢的道德观作为我小说的结尾是不明智的——除了艺术，对我来说没什么是要紧的。

良知：如果这样做能使你发掘出那个可怜的女仆的秘密，并在纸上写下来，你就会诱骗她！

第十五章

奇特的出版商

现在，虚伪的读者，我将回答这么长时间以来一直让你们愤怒的问题，也是你们在我叙述自己漫长的罪恶生活的每一阶段都想问的问题。不要摇头，也不要举起指头，极度虚伪的读者：你别想欺骗我。我了解灵魂的卑劣。这是一次神奇的面对面的交流，这种机会在你的生命中将不会有第二次；因此我要摘下平日里用来伪装的面具，让我们坦诚相待。极度虚伪的读者，你一直愤怒地问，为什么你要被迫来读这段对于罪孽深重的生命的真实记录；在你极度虚伪的生活中，你一遍又一遍地说，一个要告诉我们他有多卑劣的人能怀什么好心？除非，当然了，这是为了要让我们瞧瞧他是如何超脱的，是为了让我们以他的尸体为垫脚石，向更高的精神境界发展，诸如此类。你在叹息，哦，虚伪的朋友，你把杂志丢在柳条桌子上，类似的杂志也同样摊在上面。你自言自语，说什么离开这个世界要比发现它的真实面目还好一点。接着，你走下楼去用餐，在像动物似的满足自己的胃的过程中，你忘记了这个世界。我向你伸出手，我拥抱你，称你为我的兄弟。不要欺骗你自己，你要离开这世界正是因为你发现了它的真实面目。当我写这行字的时候有些猪正在被宰杀，它们最好在认识这个世界之前离开，但是你将只留下一具爬满蛆虫的腐烂尸体。回顾你的生命历程，研究它、审视它、掂量它、探讨它，然后说（如果你敢的话），它不是一件非常没出息的愚蠢的事情。战士、劫匪、无神论者、妓女、处女，不管你是谁，只要你没把孩子们带到这个世上来受苦，你的生命就像我的一样既无价值也无害。我向你伸出手，我们是哥儿俩；但在内心深处，我认为我的程度要比你高，因为我不相信离开人世要比发现它的本来面目好。而你，极度虚伪的读者，认为你的程度比我高，因为你说过你想离开而不想发现什么。由于某种原因，我们的人生乐事之一便是认为自己比周围的人要好。这不仅是我写这本书的原因，也是这本书给予你许多快乐的原因。哦，极度虚伪的读者，我的朋友，我的兄弟，因为这本书毕竟使你深信，你自己并不很坏，现在我们言归正传。

我人生中的30个年头已接近尾声，在接下来的三四年里，我的青春将充满仿佛海上朦胧的薄雾似的、梦幻般的回忆；所以现在每当我站在小山最终的边缘上时，我会回望我曾经徘徊的山谷。我后悔吗？不，我既不埋怨也不后悔；如果我后悔的话才是个愚蠢而又懦弱的人呢。我对十多年有计划享乐的价值和宝贵确信不疑。自然赋予我完美的消化器官、智力和体质；

我的胃和头脑为可能的构想配合得完美无缺，一直以来它们都有规律地工作着，吸收着所有灌输给它们的东西，从未有过冲突或是间断，并且现在仍是这样。这本书是我对生活领悟的记录，但是这还需要另外用一系列的忏悔来讲述我吃过的午饭、喝过的香槟以及晚饭！在享用了七打牡蛎、美味的馅饼、成堆的块菌、沙拉后，我在早晨步行回家，其间一个迟到的清道夫的外表让我的哲学神经有了一些反应，然后睡觉。安静文雅地睡着。

我已经有了最珍贵、最棒的朋友。我爱我的朋友们，我这代人中最稀罕的才子就是我的欢乐伙伴们。所有的东西拼凑起来使我的身心都感到满足；如果我是一个好人的话，你认为我还会这样满足吗？要是你这样想你就是个傻瓜，好意图和毫不掩饰的贪婪都会使你陷入困境，但是精明的自私再加上一些狂妄会让你从生活的馅饼中取走的糖果，比该死的七大美德取走的还多呢。一个好人想变成坏蛋，一个坏蛋却想跟另一个坏蛋一起花天酒地。而你，亲爱的，我精明的读者，把你的手放在胸前，说出实话，切记这是一个神秘的面对面的交流，在你的生活里永远不会再发生，承认你对我邪恶的作风感兴趣，承认你曾经很想了解我，因为我知道很多可能你不知道的东西，承认当你想起财富和多种快乐时会垂涎三尺，承认如果这本书没有记载着我所读过的那些虔诚的书，我曾经去过的教堂，还有我所写过的那些著作，你根本就不会买它、借它来读。伪善的读者啊，想想看，你曾经有过胆量、健康和金钱去过一种快速的生活吗？你是不是根本就不会去做这些？你不知道，我也不比你知道多少，我做过这些，而且，除了一些农民和矿工不会还我钱，从而使我没法继续过那种曾属于我的生活外，我就没什么可遗憾的了。相反，我还以为我是一贯荣耀的人物，而且开心。我多么讨厌糟糕透顶的斯特兰德街上的住所，我又多么渴望我在公爵夫人街上的房子，里面有高雅的装饰、棕榈树、漂亮的挂画，我多么渴望拥有一只可爱的小猫，还有属于我的大蟒蛇，拥有真正的朋友以及金色的头发和黑色的皮肤。

这一天的文章很快会变得让人厌倦，甚至当你知道它将会发表时也是这样，而我却不知道这一点。我的散文是有缺憾的，我的思想也不固定，我不能撕破它们然后把它们扔出去，我还在酝酿着继续写些什么，而且在一定程度上我已经厌倦了写不同主题的文章，所以我转变了方式去写短篇故事。可是短篇故事却不能表现出我的抱负。

凯瑟琳大街有个出版人，他过去常常出入一家酒吧。这个有钱的男人做生意就像穿衣服那样，总是很邋遢，一个过于仁慈的灵魂却又非常愚昧无知。出于长期养成的习惯，他也会走形式似的讨价还价一番，但他一般都会上当受骗。如果一个时尚作者对于一本他可以要300英镑的书要了200英镑，十有八九他会让那个机会从他身边溜走；但是拒绝了斯特兰德大街上一个游手好闲者的作品很多次之后，他就会说："孩子，把那本书送来，我看一看能拿它做些什么。"有一个长柜台，廷斯利先生出版书的方式就是叉开双腿坐在柜台上和他的黑猫玩耍。一个爱尔兰人在柜台后面，他每周拿3英镑的薪水，监管印刷和装订，做记录，还要款待参观者。我去的时候只是礼貌地观望，逗猫玩，和爱尔兰人开着玩笑，与廷斯利先生一起喝酒。有时我的故事就很自然地被编进杂志，而且拿到稿费。奇怪的是这种办公方式，莎士比亚可能投过诗歌和散文稿，但如果他没有叉腿坐在柜台上的话，他的稿子可能会被扔进废纸篓。对于那些知道这一点的人来说，这是一个值得庆贺的事情。分开腿坐在柜台上我们叫道："我们不希望外人打搅我们。而你，史密斯先生，你这个恶魔，上个月发表了一篇20页的故事，而把我的稿子撤了下来。奥夫纳甘，如果我寄给你两首诗和平时写的东西，你是不是会介意?""我尽量安排，主人来了。"看起来就像不幸的塞得勒先生一样，廷斯利先生常常懒洋洋地走进来，一屁股坐进他的皮扶手椅里，就是他签支票的椅子——我最后一次看见这把椅子时，它正立在街上，被当铺老板拨弄着。

但是，虽然我们在"抄袭"的问题上是保守的，虽然我们想方设法不让闯入者干扰我们，可一个还没有通过叉腿站立的初级阶段的人偶尔会溜过我们的防线。一个炎热的日子，我们都正跷着腿坐在柜台上，这时一个高大的年轻人进来了。他一定有六英尺三英寸[1]那么高，他被领进廷斯利先生的房间，他

1　1英寸约为0.0254米。

要求廷斯利看一部手稿，可是接下来他就仓皇而逃了。“废纸桶！废纸桶！”我们大喊起来，“他真是一条丑陋的鱼啊！”“简直就像一个刺头！”奥夫纳甘说，“我想知道他的手稿是什么样的。”“就像个刺头！”我们喊道。但奥夫纳甘把手稿拿回家去读了。第二天早上，他回来的时候，他深信不疑自己发现了一个早期的狄更斯。那个年轻人被要求来一趟，他的书被接受了，我们到酒吧休息。

这个年轻人选了我隔壁一套房子里的一间。他去过牛津、海登堡，他喝啤酒、抽烟斗，他只谈论香烟。很快，真是很快，我开始看出他把我想成了一个笨蛋，他藐视我所信仰的自然主义，而且拒绝和我讨论象征主义者的问题。他长腿翘在摇晃的沙发上大谈英国的公众，谈杂志，而在我认为是我的办公室的房间里，他则像一个天才一样坐在那里。他带了一个大约五英尺三英寸的人与他一起住。当这两个高矮不一的人一起出去的时候，就像堂吉诃德和桑丘在斯特兰德街的土地上进行危险的探险一样，那个矮个子丝毫也不理解高个子聒噪的幽默，他乏味、平淡，而且很不善于谈话，但是当他真谈话时，他就像牙齿间坏掉的果仁，又苦又涩。他随身带着一本小册子，他用这个小册子进行阅读记录，他用食指和大拇指拿着那本小册子。他会说：“去年我读了纳什的10部剧本，皮尔的12部剧本，格林尼的6部剧本，博蒙特·弗莱彻的15部剧本，11部不知名的剧，一共54部。”

第十六章
决　斗

对我的生活、我的精神而言，幸运的是此时我的兴趣被吸引到了其他方向上来——通向伦敦生活的方向，并且适合我去探究。在一家餐厅里，很多穿低胸装和晚礼服的人在大声发着感叹，餐厅里弥漫着烟酒、白兰地和苏打水的味道。我被介绍给一个我有所耳闻的犹太人认识，他拥有好几家报纸和好几匹赛马，他那明亮机智的棕色眼睛使我对他有别样的好感，不久我就发觉我找到了另外一个朋友。他的房子是每个人都梦想得到的，因为它特点鲜明，和我所见过的房子相比大相径庭。我不得不接受它，而没有将它与任何法国式的会议相提并论从而削弱我的印象。这是一幢应该充满香槟晚宴、晚礼服、文化、艺术和热情谈话的房子。所以这幢房子和我在伦敦见过的其他房子完全不同，或者说也许这就是这个犹太人四海为家的魅力。事实上，他的希腊精神恰是我可以借以再次进入英国生活的支撑体。我在库尔松街发现了另一个新雅典娜，一种新的放荡不羁的生活方式。这种生活方式意味着裤带里经常有叮当作响的钱币的声音，意味着审慎的洁癖，意味着出门就坐两轮小马车，意味着女人宠物的名字，意味着喝着名贵的香槟却负债累累，家里点煤气灯，开晚宴，早上家里也亮着灯，请教练：令人难以置信的放荡不羁，一种意味着永恒的艰难和永恒的奢侈的放荡生活，却永远缺钱。可怜的钱——不知来自何处，却泉水般流进闺房和餐馆之海的钱，被卷入统治着我们的涡流，通过音乐大厅旋转，明亮的肩膀，发辫，还有俚语。我参加了库尔松街可敬的放荡游戏，以皮卡迪利马戏团为中心。

晚饭以后，舞厅和剧院方向通常要进行"清场"。午夜十二点，几个朋友造访，一直喝到三点或四点为止；但是星期六晚上是庆祝日——贵族们的马车在十一点半到了，随后一两个天才也到了，晚饭和唱歌进行得很愉快，直到烟囱开始冒烟。然后我们拿了椅子和酒瓶上街与警察进行争论。12小时后，当教堂的钟声响起，我们挣扎着从床上爬起，开始写作。星期二，文章发表了。我们的主人坐在离餐厅稍远一点的小房间里，他偶尔会到这里激发一下我们呆滞的笔。

但我无法学会片段式地了解生活。我渴望获得对某些东西的个人印象，这些个人印象既不同于照片也非文章。事实上我渴望艺术，但是我也渴望名声，或者是恶名？两者皆可。我渴望名声，残酷而耀眼的名声。

与你一起出去，你是说谎的人，说真话吧，说你将把你不相信或相信的灵魂出卖给恶名。我已经知道你为了在遗嘱上看见你可怜的名字而出席葬礼！你，伪善的读者，正在睁开你的眼睛，喃喃自语“可怕的年轻的男人”——检验你虚弱的心，明白了是什么把我们分开。我并不为自己的欲望感到羞愧，我公开说明它们，而且我还感谢它们；你沉默，你压制，你把自然的过失当成羞愧的外衣，你会为我连用剪下的指甲都不愿意交换的东西——报纸上一段介绍而出卖你不幸的灵魂。我不为自己所做的事感到羞耻，特别是我的罪孽，并且总是大胆地承认我渴望在世界上制造噪音。

“我还会不会像过去一样再失败一次呢?”我问自己。“我的小说会像我的画、我的诗、我的报刊文章一样不成功吗?”我们都想臭名昭著，我们对臭名昭著的渴望是丑陋的，但当你通过黄铜喇叭大声说出它时，它就不如博爱的伪善声明丑陋了。自我，自我之后是朋友，让其他的一切都滚到地狱里去吧。可以肯定：任何男人，当他比他的朋友更自负自私的时候，他就会把头隐藏在博爱主义里。维克多·雨果就是博爱主义的恶臭和蠕虫；斯温伯恩先生则是一只手捂住鼻子，另一只手扇着香炉。所有天赋较低的人，维克多·雨果和格拉德斯通先生，都把博爱主义视为避难所。人道主义就像是一个聚集骗子、伪君子、淫秽的脏乱场所。从那个伟大的犹太人发明了它之后就一直是这样，并将永远是这样。这比打着白领带、穿着晚礼服的快乐的现代人和他们灵活的哲学要好得多。他们说：“我不在意穷人怎样生存，我唯一的遗憾是他们总是存在。”然后给了乞丐一个先令。

我们都想要臭名昭著。我们对此的渴望正如对其他东西的渴望一样是不光彩的，但人性是非常可鄙的害虫，只有在它趋于兽性远离人性时才尚可容忍。我愿意告诉你们一件事，它本身就是我渴望臭名昭著的极好证明。我讲的这件事具有双重作用——它可以带给我一些我所渴望的恶名，而对你来说，亲爱的、高尚的虚伪的读者，你会立刻大喊："真可耻！一个人怎么会邪恶到想决斗，以使自己可以通过合法的谋杀扬名？"你会给你的朋友讲这个可怕的毫无原则的年轻人的故事，当然，他们立刻想知道得多一些。

这是库尔松大街一个奢华的夜晚，贵族们正坐在马车上，有些人坐在车顶上，腿在车里摇晃着。喜剧演员们从大厅里出来。有很多妇人。合唱队在休息室里唱着快乐的歌。一个男人正准备去踢吊灯，另一个站在沙发的一头。那儿有个英俊的贵族，是那种没有一个女人可以抵挡其魅力的男人。有一个快乐的年轻人似乎要把芥末倒在我的脖子里，我本可以阻止他，那个英俊的贵族却试图让我难堪。我片刻也不能容忍他的鲁莽了；我不认识他，如果他允许我这样说的话，他过去不是，现在也不是我的朋友。随后女士们退下了，而庆祝仍在进行，我们已经浏览了各种庆典舞台，没有人醉，但我们一直在滑稽地吵闹。我们说了各种各样的故事。年轻的贵族和我处得不是很融洽，不过在有人建议喝酒喝到天明之前并没有发生什么不愉快的事。英俊的贵族开始了他的演讲。他讲话很有政治魄力，但大部分内容都是在直接讥讽我。我也给予了犀利的回答，渐渐地，到最后，我头脑一热说：“我不同意你的观点，1881年的土地法是必要的。”

“这样想的人一定是个蠢货。”

“很有可能，但我不允许有人这样讲我，你必须明白，把一个与你一起坐在朋友房子里的桌旁的人称为蠢货是小人行为。”

一阵安静，然后他说：“我只是指政治上。”

“我也只是指社会上。”

他上前走了一两步，用他的指尖打了我的脸；我拿起一只香槟酒瓶砸在他的头和肩膀上。不同党派的酒客把我们俩分开，我们围着桌子走来走去，互相诅咒着对方。虽然我非常愤怒，但我从一开始就很清醒地意识到，如果我处理得好，我就能从这场争吵中全身而退；当我走到街上时，我决心要想方设法迫使他再和我见一次面。如果我是和一个音乐厅的歌手吵架，我会让步的，但现在我迫使他和我见面可以得到想得到的一切。我立刻掌握了局势。所有自由党报纸都将站在我这一边，而保守党的报纸也不会有任何反对我的意见，这件事和女人无关，与一个贵族决斗对记者而言就好比是豆子对苹果。

我没有马上上床，而是坐在椅子上思考问题，估摸着我胜算的机会。一辆出租马车在我门前戛然而止，一个酒客坐了上去，他告诉我一切已经安排好，我告诉他我没有兴趣让别人为我安排任何事，然后我睡觉去了。

在我的老朋友中，我只能想起半打和我相处得极好的人，但他们在哪里呢？十年的分离使朋友们如十月的分飞劳燕。

第一个人说：“这是早晨一两点之间的事吗？”

“比那更晚，大约在七点。”

“他打了你，但不是很厉害，我可以想象得到。你用香槟酒瓶砸他，现在，你想让他滚蛋。”

“我来这里可不是为了听仁义道德。如果你不愿意帮助我，直说吧。”

我给一个在沃威克郡的故友发了封电报：“我能期待你为我在一次荣誉行为中效劳吗？”

两三个小时后，我收到了回复：“来我这儿吧，住上一段日子，我们能商量出解决问题的办法。”英国人，我说，从不把严肃的决斗当成一回事。我必须给马歇尔发封电报。“无论如何，立刻到我这里来，帮助我。把你的伯爵父亲一块带来，让他留在布伦；他认识——上校。”第二天，我收到了回电：“我在准备父亲的葬礼，其入土之日，即我来之日。”还有比这更糟的运气吗？这个周末之前他是不会来了。这些事需要的就是充分的协商。三四天后，艾玛告诉我，一个绅士正在楼上冲浴。“嗨，你好。马歇尔，怎么样？路上顺利吗？我想，那位可怜的老绅士走得很匆忙吧？”

“哎，是的。被发现死在了自己床上。他一定知道大限已到，不然不会睡得如此平静，双手垂在身边，安详平静。”

“他没留下钱？”

“一个子也没有，不过我应付得来。我在沙龙里混得还不错，可以卖些自己的作品了。我现在才开始发现那些画是那么成功，受人欢迎。我敢肯定，我会创立一个画派的。”

“你相信吗？我们工作了20年才上了学。”

兴奋的时候，我和马歇尔总是用法语交流。

“现在告诉我，”他说，“这场决斗的事。”

我一开始讲这件事，就立刻意识到我不可能认认真真把这件事讲明白。这是件很可笑的事，我没有勇气告诉马歇尔，说我把这场决斗当作是自毁名声的一步。最勇敢的人也都不愿意承认这种弱点，而且，如果承认了，他也许会拒绝帮助我。我的所有恐惧并不是空穴来风，因为我还没讲完，马歇尔就打断了我，他说他认为这件事还没有严重到非要靠到弗兰德斯决斗来解决的地步。一看我的表情变了，他立刻讨好地补充说，看在上帝的份儿上，如果他有一丝一毫的犹豫和退却，那么他将向我忏悔。他还坚持说，这场旅程完全由我决定，他完全听我的。还没等他开口说话，我就开始怀疑我们的争执是一场不祥的开端。我有点没有方向了，不由自主地问马歇尔，他是否愿意和我一起去剧院看戏。从剧院回来后，我们讨论了美学，直到决斗这件事变得非常遥远渺茫。似乎马歇尔的新作才是最重要的、最要紧的。第二天早饭后，这场决斗似乎变得前所未有地令人厌恶。这时一个绅士来和马歇尔会面了。他在安排我的事情上表现出一贯的老练、机智、得体。他们起草了一封信，要求我的那位贵族朋友就用手打我一事道歉，而我就用酒瓶打他一事道歉，等等——现在我真没有勇气进行更深的解释了。

第十七章

永远写不完的小说

虚伪的读者们，你们披着纯洁的华服，说“多么低俗”；但说到你们自己呢，记得你们多少次期望成为女王陛下的一名士兵，这样就可以参加战争——会带给成千上万年轻人种种伤痛的战争。你们渴望所有这些事情发生，因为这会让你们的名字出现在报纸上。虚伪的读者，不要把我想得太坏。虚伪的读者，你们想怎么想就怎么想吧，你们的虚伪什么也改变不了。在告诉你们我的罪恶时，我只是在讲你们自己的事。虚伪的读者们，我在向你们揭示我的灵魂时，我也是在向你们揭示你们自己的灵魂。虚伪的读者们，高雅的伪君子们，你们是我的兄弟，我向你们致敬。

日子一天天流逝，我的小说似乎成了一件不可能完成的任务——失败的阴影从房间的每一个角落里冒出来。我的英语太差了、太浅了——我已习惯了法语的表达方式，所以我的英语搭配显得笨拙不堪。我学了一些生僻的单词，把它们这儿那儿地插进去，却不能与文章的风格吻合、协调。对自己能写完这部小说的信心已在过去经历的失败中流失殆尽。我在各个方面都承受着沉重的压力，但我还得拼命将这部小说完成。我已不在乎任何事，只在乎这部书。我要结束对女房东的欺骗和谎话，并把自己关在房间里。我和女房东达成了协议，她供我饮食和住宿，我每周给她3英镑。从今以后，我要抵御来自库尔松街的所有诱惑。我会长途跋涉回到家，只为吃上一块牛排。我会如同在显微镜下研究一只昆虫一样研究我所写的仆人角色。“她将完成一部杰作。但结局会怎样呢？但愿我知道结局！”

在夜里，我在楼梯上碰到了可怜的L小姐，和她讨论她的希望和憧憬，谈她所爱慕的年轻人，我从不感到厌烦。她也常常问及我小说的进展情况。

当我被挫败感压得喘不过气的时候，我会一言不发让她上她的阁楼，然后凭窗沉思，想自己是否应该远离这条西西尔街，自己是否是又长、又低、又怪异的伦敦的一束光，是一束投射到流经斜桥的不朽黑河上的光。如果我是这些行色各异人群中的光又会怎样呢？幸福只存在于真爱之中——在家庭中，在甜美的太太身边。今晚我要见的她会嫁给我吗？她的简单、自然是多么甜美！她所知道的快乐都是微小的、纯洁的，与我强烈的、复杂的快乐毫不相同。啊，她不是为我而生的，我不适合她，我那已被玷污的唇配不上她的唇。如果我是一个有责任心的人，我就去赢得她的心，真的吗？

第十八章

人生的盛宴已经结束

“年轻人，我深爱的年轻人，让我欢欣鼓舞的年轻人，我们最大的快乐根本不是去追求有德行的女子；吃得太多就会饱腻。一切自然之物都是美的，认为应该去寻求罪恶的年轻人是那么无知、愚蠢。人生的盛宴对我来讲，已经结束了。我让出了我的席位，你们也像我一样吃喝吧；你们也像我当时一样年轻。我已把我的人生记录下来了！这些字句值得保留，即使今天看来不真实，但两年后再看，就会觉得它是真实的。再见！我让出了我的席位，你们也像我过去那样年轻！你们也像我那样热爱青春岁月！你们是苍天之下最有趣的人，一切牺牲都是为你们准备的。你们年轻时会在庆祝晚会上受到隆重欢迎并被盛宴款待。而这场盛宴对我而言，已经结束了。我让出我的席位，但我的告别不会让你们更悲伤，我已经建议和指导你们怎样得到我曾经得到的东西，这些已让你们痛苦了，我不想让你们更痛苦了。我曾声讨教育，所以我不会想方设法去教育你们。亲爱的，亲爱的，这个世界是你们的欢乐天地所在，随心地玩吧，改造它吧。亲爱的，我看着你们如同看着我自己，我让出了我的席位，我将不能与你们同桌举杯共饮；所以此时我举杯要说最后一句话——你们是否可以永远把我当成一个年轻人长记在心。但我太清楚了，年轻人永远无法认识到年老并非与生俱来。别了。”

清晨的寒风掠过我的脸颊，迫使我去关上窗户。我坐在桌子前，穿得厚厚实实，形容枯槁地继续写我的小说。

图书在版编目(CIP)数据

一个青年的自白 /(爱尔兰)乔治·摩尔著;孙宜学译. — 北京:商务印书馆,2023
(涵芬书坊:新版)
ISBN 978 - 7 - 100 - 22697 - 4

Ⅰ. ①一… Ⅱ. ①乔… ②孙… Ⅲ. ①回忆录 — 爱尔兰 — 现代 Ⅳ. ①I562.55

中国国家版本馆 CIP 数据核字(2023)第128625号

一 个 青 年 的 自 白

〔爱尔兰〕乔治·摩尔 著
孙宜学 译

商 务 印 书 馆 出 版
(北京王府井大街36号 邮政编码 100710)
商 务 印 书 馆 发 行
山西人民印刷有限责任公司印刷
ISBN 978 - 7 - 100 - 22697 - 4

2024年7月第1版 开本 889×1194 1/32
2024年7月第1次印刷 印张 7⅝ 插页 2

定价:58.00元